それは経費で落とそう

吉村達也

集英社文庫

目次

それは経費で落とそう

ま、いいじゃないですか一杯くらい

1

（轢《ひ》いた！）

そう思ったとたん、岸部則雄《きしべのりお》の全身から力が抜けた。

ＢＭＷのハンドルを握っていた手が膝の上にズルリと滑り落ち、支えるものがなくなった体が横に傾いてドアにぶつかった。

それでも岸部は、呆《ほう》けたように前方の一点を見つめたままだった。

夢であってほしいと祈りたい気持ちだったが、ヘッドライトが冷酷な現実を照らし出していた。

道路にあおむけに投げ出された背広姿の男は、薄目を開けて岸部を見ていた。

まるで、いますぐにでも生き返って、怨《うら》みごとを言い出しそうな雰囲気である。

しかし、男はぴくとも動かなかった。

後頭部から路面に広がる黒っぽい染みは、たぶん血なのだろう。黒い後光のように男の周囲を取り巻き、ゆっくりとこちらへ流れてきた。

車の時計は午前二時十二分を指している。

(おれは人を轢き殺してしまった)

その事実が、なかなか自分で信じられなかった。

頭が信じようとしないのかもしれない。

もしもいま、正直に警察を呼んだら、彼の呼気から相当量のアルコールが検出されることは間違いない。

酒酔い運転で人を轢き殺したとなると、もはや免許停止や罰金で済む問題ではない。

法律的なことはよくわからないが、少なくとも昨日までとはまったく違う人生が待ち構えていることだけは確かだ。

会社にはもう出られない。

あさっての日曜日、妻と息子を連れてディズニーランドへ行く約束も永遠に叶《かな》わないかもしれない。

左ハンドルの運転席でボーッとその光景に目をやったまま何分が過ぎたかわからない。

ふと岸部は、もうひとつの現実に気がついた。

右側の助手席に、同僚の加瀬《かせ》均《ひとし》が泥酔状態で眠りこけているのだ。

岸部が三十一歳、加瀬は三十四歳。

二人は神田《かんだ》にある中堅家電メーカーに勤めていた。

加瀬のほうが三年先輩だが、肩書は二人とも主任だった。

ところが、今夜をかぎりにその立場に変化が生じることになっていた。

週初めに、岸部則雄に対し係長昇格の内示が出たからだ。前任者の病気退職にともなう措置だった。

主任の地位にとどまる加瀬にとっては、後輩の岸部に出世の先を越され、しかもその彼の直属の部下になってしまうことを意味していた。

そうした事情はともかく、週末の金曜日、会社が退《ひ》けてから有志四人が集まって、岸部の係長昇格祝いをやってくれた。

その帰りの事故だった。

そもそもこのＢＭＷは加瀬の車だった。

彼は、ときどき会社に無届けで自慢の車で出勤した。

たまたま家が成田《なりた》市郊外の同じ町だったので、岸部も何度か便乗させてもらったことがあるが、自分でハンドルを握ったのは今夜が初めてだった。

そういうときに限って……。

（昇格直前になんてことだ！）

岸部は自分の不運を呪った。

（こんなことになったのも、こいつが酔い潰れるまで飲むからいけないんだ）

最後の店を出て五分も走らないうちに、加瀬は酔っ払ってとても運転できないと、交替を申し出てきたのだ。

岸部は、年上の同僚をじっと見つめた。

水銀灯の明かりが、彼の寝顔を青白く染めている。

ネクタイをゆるめ、口をだらしなく開けて寝息を立てている加瀬を見ていると、いいようのない怒りと悔しさがこみあげてきた。

（馬鹿野郎……なにもかも、おまえのせいだぞ）

その時、彼はさらに重大なことに気がついた。

（この車が加瀬のものということは……）

岸部は急いでダッシュボードを開けて、車検証のファイルを取り出した。

そこには自賠責と任意の自動車保険証書がいっしょに挟まれていた。

（頼むから、運転者非限定の条件であってくれ）

祈るようにして、二つ折りになった保険証書を開いて見た。

「ああ……」

岸部の口からうめき声がもれた。

証書には非情な文字が記されていた。

《運転者家族限定》

《加瀬均（本人）　加瀬邦子《くにこ》（妻）》

つまり、岸部が運転して引き起こした事故に対しては、保険金は一銭も出ないということだ。

もう一度、路上に横たわっている見たくないものに目をやった。

若い男だ。

背広を着こなしているところからみてサラリーマンだろう。

たしかホフマン方式といったか、交通事故に遭って死亡した被害者が、もし生きていたとしたら生涯であとどれだけ収入を得られるかを推定し、そこから賠償金額を算出する方法があったはずだ。

被害者が若ければ若いほど、その額は膨大なものになる。

一介のサラリーマンにとっては、おそらく一生かけて償わなければならない金額になるだろう。

（おしまいだ）

岸部はハンドルに顔を突っ伏した。

（なにもかも、おしまいだ……）

2

「おねえさん、とりあえずビール四本くらいね」

幹事役をかって出た加瀬は、大声で頼んでから品書きに目を落とした。

「さてと、岸部さん。肴《さかな》は何を頼みましょうか」

「ねえ、急に『さん』付けはやめてくださいよ、加瀬さん」

いつも『岸部』と呼び捨てにしてきた加瀬が、突然この豹変《ひょうへん》ぶりである。

それが岸部にはあてつけがましく感じられた。

昇格祝いの席に集まった他《ほか》の三人はまだ入社二、三年の連中だから何の気兼ねもなかったが、加瀬の存在が今後なにかと苦労の種になることは、いまから容易に想像できた。

「いや、あなたは来週から係長さん、上司ですよ。失礼がないように、いまのうちから練習しておかなくちゃね」

加瀬にそういわれて、岸部は苦笑いを浮かべたまま黙りこくった。

皮肉は無視するよりない。

「じゃあ、これからは岸部さんがぼくたちのボーナスを査定するわけですか」

一番若い萩原《はぎわら》が無邪気にきいた。

「そうとも、だから係長にはおぼえめでたくしておかなくちゃいかんぞ、みんな」

岸部が口を開くより早く、加瀬が先回りして答えた。

「そんなことはないよ」

岸部はムキになって否定した。

「ウチのシステムでは、係長クラスには査定権はないんだ。それをやるのは課長以上の仕事ですよ」

「そうはいってもねえ」

そんなやりとりをしているところへ、ハッピ姿の女の子がビールを運んできた。

「おいおい」

瓶の数を数えた加瀬が店の子を呼び止めた。

「おねえさん、五本も来てるよ。頼んだのは四本だろう」

「いいですよ、加瀬さん。ぼくら、ガンガン飲みますから」

後輩たちからそう声がかかっても、加瀬は納得しなかった。

「いや、おれはきょう車だし、岸部さんもあまり飲まないから、五本いっぺんに栓を抜かれたら、気は抜けるし温《ぬる》くなっちゃうんだよ」

「だけど……」

入社三年目の吉野《よしの》がいった。

「加瀬さん、オーダーする時『とりあえずビール四本くらい』っていったでしょう。

『くらい』なんていったからには、正確に四本じゃなくても文句はいえないですよ」

「なにを理屈つけてんだ、おまえは」

加瀬は怒った。

「ビール四本くらいっていったら、ジャスト四本持ってこなくちゃいかんのだ。三本や五本はダメなんだ。日本語としてあたりまえだろ、そんなこと」

「そうですかあ」

「おまえらだって飲み屋に入って酒を注文するときにだな、たとえば『ビール十本』というようなキッチリした言い方するか」

「…………」

「『十本くらい』って頼むんじゃないのか、どうだ」

「言われてみれば、たしかにそうですけど」

「頭に『とりあえず』もつけるだろ」

「CMでもありましたけどね」

「『とりあえず』と『……くらい』は係り結びの法則なんだ」

加瀬は理屈をこねた。

「つまりだな、そこには十本という数がこの人数で飲むのに最適かどうかわかりません
し、あとから追加注文するかもしれませんけれど、とりあえずお願いします、というへ

りくだったニュアンスがあるんだ」

「へえー、そんなもんですかね」

吉野は感心したような馬鹿にしたような声を出した。

萩原と、それに堺《さかい》という二十代の課員も、半分あきれた顔である。

「あんまり意味ある分析とは思えませんけど」

「うるさい、うるさい、おまえらは黙ってろ……さ、岸部さん。いきましょうよ、グーッと」

年上の加瀬に両手でビールを構えられると、グラスを差し出す岸部も落ち着かない気分だった。

相手は、露骨にへりくだることが最大のイヤミであると承知の上でやっているのだから、決して気持ちのよいものではない。自分のグラスが満たされると、すぐさま岸部は加瀬の手からビール瓶を奪い取ろうとした。

だが加瀬は、瓶を持った手を後ろに引いた。

「いいですよ、岸部さん。私は手酌でやりますからおかまいなく」

「だめですよ、そうはいきませんよ」

腰を浮かせ、強引に加瀬の手から瓶をむしり取りながら、岸部は情けない気持ちになった。これでは、まるで中年サラリーマン同士のやりとりではないか。

「じゃ、遠慮なく」

加瀬はグラスを受けるときも両手だった。

「でも私、帰りに運転しますから、ほんの一センチ程度で」

「ま、いいじゃないですか、一杯くらい。帰るころにはさめてますよ」

グラスに蓋をする加瀬の手を払って、岸部はビールをなみなみと注《つ》いだ。

まさか、それが悲劇の発端になるとは、その時の岸部は夢にも思わなかった。

「それでは、岸部さんの係長昇格をお祝いして」

加瀬が店じゅうに響くような声を出した。

「乾杯！」

四方から差し出されたグラスよりも低く頭を下げながら、岸部は『ああ、サラリーマンだな』と、実感した。

3

（こいつ、まさか狸寝入《たぬきねい》りじゃないだろうな）

岸部は、ＢＭＷの助手席で眠りこけている加瀬の顔に自分の顔を近づけた。

間違いなく彼が泥酔状態であることを確認すると、岸部は加瀬の両脇に手を入れて運転席のほうへ引き寄せた。

が、加瀬のはいているズボンのベルト通しがサイドブレーキに引っ掛かり、体がつかえた。

岸部は作業をやり直した。

運転席の椅子をいちばん後ろのポジションまで下げ、さらにリクライニング・シートを目いっぱい倒してスペース的に余裕を作った。そして、あたりが平地であるのを確かめて、サイドブレーキを下ろす。

これで助手席から加瀬を運転席に引っ張ってくるのが楽にできるようになった。

岸部自身は後部座席に移って、そこから身を乗り出すようにして加瀬の体を引き起こした。

事故現場は県道から県道への抜け道で、深夜になるとほとんど車の往来はない。ヘッドライトに照らし出されることもなく、岸部は作業をやり終えた。

運転席に移されたのも気づかず、加瀬はあいかわらず口を開けたまま熟睡していた。

運転席のシートを元の位置に戻し、ハンドルについているはずの自分の指紋をきれいに拭き取る。

加瀬の指紋を改めてそこにつけ直しておく必要はないだろう。目を覚まして事態に気づくまでの間、彼は無意識の動作でハンドルを握るはずだ。

岸部は後部座席で息を整えながら、計画に落ち度がないか、頭の中で大急ぎでチェックをした。

神田の飲み屋を出て帰途につくとき、彼ら二人は後輩社員三人と飲み屋の女将《おかみ》の見送りを受けている。

すでにろれつが怪しくなっている加瀬がＢＭＷのハンドルを握っているのは、彼らが確実に目撃していた。

「加瀬さん、だいじょうぶかしら。無理しないで車は置いて帰られたほうがいいわ。ね、タクシーを呼びますから」

なじみらしい女将が心配してそういうのを、加瀬は「だいじょうぶ、自分の限界は自分でわかってるから。もうおれは酔ってないよ。完璧にさめてる」と、取り合わなかった。

吉野や萩原らが、どこか途中で一眠りした方がいいんじゃないですか、と声をかけても、「係長はおれが責任もってお宅までお届けするんだ」と答えるばかりだ。

しかも都合のいいことに、その時岸部は、眠気を催して助手席でウトウトしかかっていた。

みんなの会話は耳に入っていたが、後輩たちや飲み屋の女将からみれば、岸部のほうがもっと酔っ払っていて、とても途中で運転を代われる状態には見えなかったろう。

それに岸部がマイカーを持っていないことは、社員旅行の折りなどでみんなに知れ渡っていた。

そのせいで、彼は免許も持っていないというイメージがなんとなく浸透していた。

そうした背景も好都合だった。

岸部が加瀬に代わって外車を運転していたのではないかという連想は、後輩たちもまずしないだろう。

(これでいいんだ)

岸部は自分に言い聞かせた。

(店を出てから事故を起こすまで、ハンドルを握っていたのはずっと加瀬だった)

(あそこに倒れている男を轢いたのも、おれじゃない。加瀬なんだ)

岸部は加瀬にすべてをなすりつけて最悪の事態を免れようとしていた。

それしか身の破滅を防ぐ方法は思いつかなかった。

社会的生命を失い、しかも莫大《ばくだい》な金銭的負担を抱えるなどという状況に陥るのは絶対にイヤだった。

この事故さえ起こさなければ、来週からは係長として明るい未来がひらけているというのに……。三十一歳という若さで人生から希望を奪われてたまるか、という気持ちがあった。

（加瀬がいなくたって会社は困らないけど、若手のエースといわれるおれが欠けたら、社内の業務だって大混乱だ）

そんな身勝手な理屈までつけて自己弁護をはじめていた。

本当は岸部の係長昇格が悔しくてたまらないくせに、みんなの前で見え透いた演技をした加瀬。

もしも、岸部が交通刑務所にでも送られたら、いちばん喜ぶのは加瀬だろう。

（そうはさせないぞ）

岸部は心の中でつぶやきながら、忘れ物がないか車内を見回した。

4

「ま、いいじゃないですか、もう一杯くらい」

岸部は同じセリフを繰り返して、また加瀬にビールを注いだ。

「いや、私は運転がありますから」

加瀬のほうも同じ受け答えをした。

「だいじょうぶですよ、加瀬さん。だいじょうぶ」

考えてみれば、何の保証もない『だいじょうぶですよ』だった。

気がついてみれば加瀬は相当に酔っ払っていた。

「ほらね」

吉野が得意そうにいった。

「一杯くらいといったって、決してジャスト一杯のことじゃないんだから」

「そうそう」

萩原がうなずいた。

「『一杯くらい』が十何杯になっちゃってるんだよな」

二軒目の店に移ってからは、誰もが加瀬に酒をすすめることは控えた。

だが、すっかり酩酊《めいてい》し自制が利かなくなった彼は、周囲が止めるのも聞かず、自分で勝手に焼酎のお湯割りを作っては、何度もお代わりをしていた。

「平気ですか、ずいぶん飲んだみたいですけど」

さすがに岸部も不安になってきた。

「あ、ああ。だいじょうぶよ、かかりちょー」

答える加瀬の目はうつろだった。

「車で帰るのは止《や》めましょう。これじゃ無理だ」

「いいの、いいの。オーケー、オーケー」

加瀬は赤く染まった顔をさらに赤くしながら、酒臭いしゃっくりをした。

どうみても、正常な運動神経が働いている状態ではない。

結果的に、岸部がここまで飲ませてしまったようなものだったから、加瀬にBMWで送るといわれると断りづらかった。一人で帰したあともしものことがあったら、酒を飲ませた自分に責任があると思ったからだ。

だから、いわば付き添いのようなつもりで、岸部は同乗を承知した。

店を出るまぎわに水を浴びるように飲ませたので、加瀬はどうにか正気を取り戻したかにみえた。

実際、駐車場からBMWを引き出してきたときには、ハンドルを握った緊張感からか、意外とシャキッとした様子だった。

逆に、岸部のほうにどっと疲れが出てきた。

もともと歓送迎会などで主役になるのが嫌いだったうえに、加瀬の複雑な気分がわかっていたから、酒を飲んでいてもまったくなごめなかったのだ。

これからもサラリーマンを続けていく以上、何度となく栄転や左遷の送別会、昇進などの祝賀会に顔を出さなければならないだろう。だが、本音が隠され、建前の笑顔や激励に満ちた宴会は、じつに疲れるものだった。

実際、岸部よりも年下の連中はこうした無意味なセレモニーを極端に嫌う。今夜の吉野たちだって、加瀬の音頭とりにイヤイヤ引っ張り出されてきたのだろう。

岸部が係長になろうが、加瀬が主任のまま取り残されようが、彼らにとっては関係ないことなのだ。それよりも、貴重な週末のプライベート・タイムが失われたことの方を恨んでいるに違いない。

こんな宴会はもうたくさんだ、と岸部は思った。時間のムダ以外の何物でもない。

ＢＭＷの助手席に腰を落ち着けたとたん、急に睡魔が襲ってきた。


「もう、だめだ」

そういう加瀬の声とともに、岸部は激しく体を揺さぶられて目を覚ました。

時計を見ると、みんなに見送られて店の前を出発してからまだ五分と経《た》っていない。

アルコールが引き起こす錯覚のせいか、岸部は二、三時間熟睡したような気分だった。

首都高速入口を示す緑色のライトが目の前にあった。

「この道、ちゃんと真《ま》っ直《す》ぐ延びてるのか」

加瀬が妙なことをつぶやいた。

「そうですけど……」

「まずいな。上下に波打って見える」

「ええっ」

「それに……電車がこっちに向かって走ってくる」

岸部はゾッとして眠気が吹っ飛んだ。

「あれは首都高の料金所ですよ」

「ちがう、電車だ」

「こりゃだめだ。加瀬さん、とにかく車をどこかに置いて、タクシーで帰りましょう。こんな状態で運転をつづけたら絶対に事故を起こします」

「いや」

加瀬はおもむろにシートベルトを外した。

「何をするんです」

「岸部さん、あんた代わりに運転してください」

「だめですよ」

岸部はあわてて手を振った。

「ぼくがふだん運転しないのは、加瀬さんだって知ってるでしょ」

「でも、免許は持ってますよね」

「持ってますけど、いわゆるペーパードライバーなんです」

「しかし、まるで運転しないわけじゃないでしょうが」

「ええ……」

「だったら、だいじょうぶだ」

加瀬は助手席側に回るため、よろめきながら車の外に出ようとした。

「待ってください。だいじょうぶじゃないですよ」

岸部が引きとめた。

「無理なものは無理です。それにこれ、左ハンドルでしょう。ぼくは、外車は一度も運転したことがないんです」

加瀬は運転席にドサッと身を戻し、それからおもむろに岸部の顔を見た。

目を細めてじっと見つめるさまは、酔っているせいとはいえ、その筋の者のような迫力があった。

「おまえなあ」

加瀬の口調がガラリと変わった。

「係長になるからって調子にのるんじゃないぞ」

彼の顔が目の前に近づいた。

吐く息が強烈に酒臭い。

酒を飲んでいる岸部がそう感じるのだから、相当なものだ。

「別に調子になんてのってませんよ」

「こっちが下手に出てりゃ、どこまでもつけ上がって。え、すっかり上役気取りだ」

「誤解ですよ。そんなつもりはぜんぜん……」

「生意気なんだ、てめえは、おれより年下のくせしやがって」

だからこの手の男はいやだ、と岸部はため息をついた。

酒の力を借りて表面を繕っていても、結局土壇場では、その酒のせいで本音を隠しきれなくなってしまうのだ。

「わかりましたよ」

岸部はしぶしぶ運転の交替を承諾した。

ペーパードライバーとは言ったが、ふた月に一ぺんくらいの割合で、実家から車を借り出してドライブに行くことがある。

左ハンドルはたしかに初めてだが、オートマチック車だし、なんとかなるだろう。加瀬の怒りをおさめ、事故の危険からのがれるためにも、ここは自分で運転していくしかあるまいと、岸部は覚悟を決めた。

首都高速に乗るとき、すでに加瀬は助手席でいびきをかきはじめていたので、岸部は彼の頭ごしに手を伸ばして料金を支払わなければならなかった。

本線に合流しようとウインカーを出したつもりが、ワイパーが動き出した。ハンドルが反対側についているだけでなく、こうしたレバーの位置も国産車と逆になっていた。

（くそっ、左ハンドルはなんて不便なんだ）

心の中でののしりながら、岸部はアクセルを踏み込んだ。

5

岸部は、意を決して車の外に出た。

死体のほうへは歩いていきたくない。

彼はＢＭＷの後部に回って、しばらくは車に体を向けたまま、後ずさりをした。

路面に流れている血が靴に付かないよう、なかば爪先立った恰好《かっこう》での後ずさりだ。

そうやって十メートルほど離れたところで岸部は踵《きびす》を返し、できるかぎりの速足でそこを立ち去った。

この時点で、岸部則雄の罪は、酒酔い運転で人を撥《は》ねて殺したというだけでは済まなくなった。

他人にその罪をかぶせて逃げたのだ。

事実上の轢き逃げも同然だった。

もはや、過失ということでは許してもらえない悪質な行為である。ますます彼は警察に捕まるわけにはいかなくなった。

（いいんだな）

（ああ、いいんだ）

岸部は自問自答した。

(警察に正直に届け出るつもりは本当にないのか。いまならまだ遅くはないぞ)

(うるさいな。自分からすすんで破滅の道を選ぶ馬鹿がどこにいるんだよ)

岸部はぶるぶると肩を震わせた。


家路を急ぐあいだに一度だけ、遠くからヘッドライトが近づいてきた。

この時間にはほとんど車は通るまいと思っていたので、岸部はあせった。

とっさに物陰に身を隠し、車をやり過ごすまで彼はそこでじっとしていた。

犯罪者の実感がじわじわと湧いてきた。

それでも頭の中は、この計画に落ち度がなかったかということでいっぱいだった。

(おれがBMWを運転しているところを目撃した者はいない)

岸部は声を出さずにつぶやいた。

いや、正確にいえば、首都高や東関東自動車道の料金所で係員に見られているわけだが、一晩に何百台、何千台ものドライバーから料金を徴収する彼らの記憶にいちいち残っているはずがない。

それより心配なのは、男を轢いた場所と、岸部および加瀬の自宅の位置関係だった。

事故現場から岸部の自宅までは、歩いて二十分ほどの距離だった。

車で走ればわずか四、五分の近さだ。

まさに、家まであとわずかという所でのアクシデントだった。それを考えると悔しさが募った。

そして、加瀬の自宅も事故現場からはほぼ等距離に、ただし岸部の家とは正反対の方角にある。

二人の家をつなぐ道路は、いずれも農道を舗装したようなもので、二、三本のルートが互いに絡み合いながら走っていた。

男を轢いた地点での車の向きだけでは、岸部を自宅に送り届けてから加瀬の家に向かっていたところなのか、それともこれから岸部の家へ向かうところなのか、その断定はできなかった。

走行ルートの組み合わせ方しだいでどちらにも解釈できるからだ。

それが岸部の頼むところだった。

あとは、運転席に一人で加瀬が座っているという事実しか判断材料がないのだ。

もちろん、加瀬は自分が運転していたことを否定するだろう。だが、岸部だってもちろん彼とは正反対のことを主張する。

私は加瀬さんに家まで送っていただきました。そのあとのことは知りません。

これで押し通すのだ。

6

家に着いた。

岸部は妻を起こさないように細心の注意を払って玄関を開け、忍び足で洗面所に行った。

背広を脱ぎネクタイをゆるめ、蛇口をひねって冷たい水でザブザブと顔を洗った。

それからキッチンへ行き、冷蔵庫から氷を取り出してコップに山ほど入れ、そこにウーロン茶を注ぐ。

立ったままそれを飲み干したところで、急に膝がガクガクと震え出した。

いまになって自分のやったことの恐ろしさに気づきはじめたのだ。

車が一台だけ、あの道を現場に向かって走っていったのが思い出された。

たぶんその車が、路上の死体とそのそばに止まっているＢＭＷを発見するだろう。そして、運転席で眠りこけている加瀬を。

起こされた加瀬は、事態を知らされてどう反応するか。

まず、岸部の姿を探すだろう。そして彼がいないことを知ったら……。

岸部はキッチンの脇に置かれた電話機に目をやった。

そして、それから逃げるようにその場を離れ、寝室へ入るとベッドに倒れ込んだ。ツインベッドの片方は今夜も空だ。妻が六畳間で三歳の息子に添い寝していることは確かめなくてもわかった。

もしも電話が鳴ったら、自分は無視していよう。妻が寝ぼけまなこで電話を取るのが一番いい。そして彼女が起こしに来ても、岸部はベッドの中で泥酔状態でなかなか起きられない、ということにするのだ。


岸部は電話を待った。

必ず知らせはやってくる。

加瀬本人からか、それとも警察からか。

時計を見た。

もう午前三時を回っている。

昨日と同じきょうの夜明けがくるのだろうか。

そして、きょう夕日が沈むころまでに、自分の身にはいったいどんな運命が待ち構えているのか。

悶々《もんもん》として眠れなかった。

そもそも加瀬が、その気もないのに、おれの係長昇進を祝う席をもうけようなどと言い出したのがいけないのだ。

岸部は毒づいた。

すべてはそれがはじまりなんだ。

めずらしく残業もなく定刻どおりに帰れた金曜日だったのだから、そうすればよかったんだ。いつもどおり会社を出て、いつもの電車に乗っていつもの駅に降り、いつもの道を通って家に着く。

そうしていれば、妻に係長昇進を祝ってもらって、いまごろはベッドの中で満足な眠りについていているころだろう。

「ちくしょう……」

岸部は枕に顔を押しつけた。

ふとその時、岸部の頭にミステリーじみた考えがわいた。

もしかしたら、加瀬は意図的にこの事故を仕組んだのではないか、ということだ。

岸部を囲んで飲もうという企画は、内示が出た翌々日の水曜日に、加瀬が言い出したことだ。だから、金曜日は酒を飲まなければならないと事前にわかっていたはずだ。

それなのに彼はＢＭＷに乗ってきた。

しかも、うわべでは運転があるからと断りながら、岸部が『ま、いいじゃないですか、一杯くらい』とすすめると、いわれるままにビールを飲み干した。

それでも足りないとみると、二軒目の店では焼酎を浴びるように飲んだ。

そして、車に乗って五分もしないうちに、岸部に運転の交替を強いたのだ。

（そうだ……）

岸部は枕を抱えたままベッドの上に起き上がった。

（あいつは、おれが何らかの事故を起こすことを予測してハンドルを握らせたんだ。係長昇進まぎわに不祥事を引き起こすように……）

（酒酔い運転となれば、警察につかまっただけでも昇進の内示は取り消される可能性が十分にある。まさかこのおれが、死亡事故まで引き起こすとは予定していなかったかもしれないが……）

加瀬の計略が読めた、と思った。

そうでなければ、めったに運転をしない岸部に運転を代われなどというはずがない。だが、高価な外車を傷つけられるかもしれないのに、いやそれだけでなく、加瀬自身の体に危険が及ぶかもしれないのに、そんなむちゃな計画を立てるだろうか。

それが不思議といえば不思議だったが、ある程度の犠牲も覚悟の上でやったとすれば、加瀬の計画は相当肝のすわったものだといえる。

（だとしたら、あの事故は絶対におれが運転して引き起こしたものだと、加瀬は確信をもって主張するはずだ）

冷静に考えれば、助手席で寝ていた加瀬を運転席に移したくらいで、罪を転嫁できるはずがないのだ。

警察だって彼の話を聞いているうちにどうもおかしい、ということになるに違いない。

(やっぱり、おれもアルコールで頭がまともに働いていなかったんだ。正直に交通事故として警察に通報すべきだったんだ)

岸部は不安で叫び出しそうになった。

(だめだ……おれは捕まる)

7

岸部の恐怖とは裏腹に、朝になっても電話はかかってこなかった。

拍子抜けする気分だったが、それで安心できるものではなかった。むしろ、不安感が増幅しただけのことだ。

いったい、あれから現場ではどんなことが起こっているのか。

真っ暗な一本道も、いまは燦々《さんさん》とふりそそぐ陽光に照らし出されているはずだ。

いくら交通量が少ないといっても、轢き殺された男と泥酔状態の加瀬が、いぜんとしてそのままの状態にあるとは思えなかった。

例の通りがかりの車が事件を発見していることは確実だったからだ。

あとで現場まで歩いて、この目で確かめてみようかと思った。

が、それはあまりに危険な行為だとやめにした。犯人は必ず犯行現場に戻る、と何かの本で読んだことがある。

岸部はうつろな目で朝食のテーブルについた。

一睡もできずにいた岸部の様子を、妻は特におかしいとも思っていないようだった。

東向きのキッチンには、朝の日差しがあふれるように流れ込んできた。妻はトーストに添えるベーコン・エッグを焼いている。

決して美人ではないが気立ての優しい妻。

おもちゃの自動車を床に走らせて喜んでいる三歳の息子。

絵にかいたような、平凡だが平和な家庭の風景だ。

このあたりまえな幸せが、自分の一瞬の不注意で、いま崩壊の危機にある。

ぼんやりとテーブルに座ってコーヒーを飲んでいる夫が、そしてパパが、殺人も同然の行為をしてきたと知ったら、妻や息子はどんな顔をするだろう。

「ブッブー」

クラクションの口真似《くちまね》をしながら、息子がおもちゃの自動車を勢いよく転がしてきた。

それが岸部の足に当たった。

冷たい汗が額から流れ落ち、気分が悪くなった。

電話が鳴った。

意味不明の言葉を岸部は叫んだ。

妻がけげんな顔でこちらを見た。

ベルが鳴りつづける。

だが、根が生えたように岸部の体は椅子から離れない。

立ち上がれないのだ。

「パパ、出てくれる。いま手がはなせないの」

「あ、ああ」

返事はしたが動けない。

「どうしたの、パパ」

「いや、めまいが……」

仕方なくガスレンジの火を止めて、妻が電話に出た。

両手の指先がぶるぶると震え出しているのを彼女に見られないよう、岸部はテーブルの下に隠した。

「はい……そうですけど」

応対する妻の声が聞こえる。

「あ、どうもいつも大変お世話になっております」

（誰だ？）

岸部は耳をそばだてた。

少なくとも警察でないことはたしかだ。

加瀬本人か。

それにしては妻の応対がていねいすぎる気がした。

「はい、もう起きております。少々お待ちくださいませ」

妻が送話口を押さえて岸部を呼んだ。

「パパ、部長さん」

「部長？」

「そうよ、野口《のぐち》部長さんよ」

野口は、岸部たちが所属する営業部の部長である。

「おはようございます」

緊張で全身を固くしながら、岸部は挨拶した。

「おい、加瀬が大変なことをやってくれたぞ」

部長の声は切迫していた。

岸部の胃が、誰かに絞りあげられたように痛くなった。

「どうしたんですか」

「人を撥ねた。轢き殺したんだ」

岸部は息を呑《の》んだ。

「自宅の近くでやったらしい。地元の警察から会社の警備室に通報があって、それでいま私の家にも連絡がきた」

いったいどうなっているんだ。

岸部の頭は混乱した。

加瀬は自分がやったと信じ込んでいるのか。

岸部の計画はうまくいったのか。

「あいつ、ときどき会社に車で来ていたんだってな。私は知らなかったぞ」

「はあ……」

「しかもまずいことに酒酔い運転だ」

「…………」

「通りがかりの車からの通報で警察が駆けつけたとき、加瀬は運転席で泥酔状態だったようだ」

受話器と耳たぶの間に冷や汗があふれた。

「とてもまともに現場検証に立ち会える状態じゃないので、いったん警察署の留置場に入れられ、ついさっき酔いが覚めたところで事情聴取をされたばかりだという」

そこで彼は自分が撥ねたと告白したのか。きっとそうだろう。そうでなければ、逆に警察から岸部に対して呼び出しが来ているはずだ。

あまりにも事が自分に都合よく運んでいるので、岸部は奇妙な感じがした。

「これじゃ、どう弁解しようと懲戒免職は免れないな」

その言葉は、本来なら自分に向けられるべきものだった。

「とにかくだ、岸部君。きみと彼とは家も近かったはずだ」

「ええ」

「とりあえず一足先に警察へ行ってみてくれんか。私もこれからすぐそちらへ向かう」

「わかりました」

電話を切ってから、岸部は呼吸をした。

破滅するのは加瀬か、それとも自分か。

いよいよ勝負の時だ。

8

岸部は加瀬と対面した。

彼は一夜にしてげっそりとやつれていた。

二人のそばには、交通課の寺内《てらうち》という巡査が立ち会っていた。小太りの風采のあがらない中年警察官だった。

岸部はその警官を見ていくぶんホッとした。取調べ室で鬼のような刑事に根掘り葉掘り事情を聞かれると覚悟してきたからだ。

だが、加瀬が引き起こした人身事故と見られているかぎり、これは交通事故の延長なのだ。

それにしても驚いたことに、彼はすんなりと自分が引き起こした事故であることを認めていた。

「岸部を送ったあとでよかったよ」

加瀬の口調からは卑屈な『さん付け』は取れていた。元のままの自然な話し方だった。

「おまえをどうやって家の前で落としたかも覚えていない。よほど酔っ払っていたんだな。どうだった、おれの様子は」

「さあ……」

たずねられて、岸部は返事に詰まった。

「ぼくも店を出たあと、助手席でバタンキューでしたからね」

「そうか……」

加瀬は天井を見て何事か考えている様子だった。

「じつは、夢をみたんだ。運転していたのがおまえで、男を撥ね飛ばして呆然《ぼうぜん》としているんだ」

岸部は心臓が飛び出しそうなほど驚いた。

「それでおれがおまえに、警察に自首しろとすすめている」

「………」

「それで夢なもんだから順番が逆になるんだが、ＢＭＷを運転している最中に、おまえと運転を代わるんだよ。高速道路を百何十キロでぶっとばしてるのにな、パッと入れ替わっちゃうんだ」

加瀬は岸部が脂汗を流しているのに気づかなかった。

「だけど、目が覚めたら留置場だ。たんなる願望が夢に出たんだな」

「………」

「で、会社はどうなった」

「え……あ、会社ですか」

ボーッとしていた岸部は、あわてて我に返った。

「きょうは土曜日ですからね。警備室から野口部長のほうに連絡がいって、もうすぐこちらへ来られると思うんですが」

「そうか……ま、どっちにしてもクビだな」

「…………」

「そう思うだろ、岸部」

「あの」

岸部は答えをはぐらかした。

「奥さんは」

「警察からの知らせを聞いて卒倒したらしい。そのまま病院だってさ」

加瀬は頭を掻《か》きむしった。

「メチャクチャだな、おれの人生は。もうメチャクチャだ！」

急に彼が興奮してくるのがわかった。

顔を真っ赤にして身を震わせていたかと思うと、突然岸部に向かってわめいた。

「でも、事故を起こしてよかったことが一つだけある。おまえの部下にならなくてすんだことだよ！」

岸部は愕然《がくぜん》とした。

それほどまでに加瀬から憎まれているとは思わなかった。

加瀬は立ち上がって怒鳴った。

「帰れ、この野郎！」

寺内巡査が目くばせをした。

面会はここまで、ということだろう。

「ちょっとお話を伺いたいことがありますので……別室のほうへおいでいただけますか」

「わかりました」

岸部は必死にショックを押し隠して廊下へ出た。

いっしょに出てきた寺内巡査は、岸部の顔をしばらくじっと見ていたが、やがてポケットから携帯用のティッシュ・ペーパーを取り出して彼に手渡した。

「え？」

「汗です」

寺内巡査は額のところを示した。

「すごい汗ですよ」

9

その事情聴取でも、岸部は嘘《うそ》を重ねた。

事故の数時間前まで同僚四人と飲んでいたことについて、加瀬が運転して帰ると気づいてからは、みんなで彼に飲ませないように気を配ったのだ、という話にした。

つまり、途中までは彼が車で帰るとは知らなかったということにして、ビールをすすめた責任を回避しようとしたのだ。

「だけど、加瀬さんは飲むのを止めないんです。せめて車だけは置いていくようにと口を酸っぱくして言ったんですが、絶対運転して帰ると聞きませんでね。それで心配になって私がいっしょに乗って帰ることにしたのです」

岸部はあらかじめ考えておいた受け答えをした。

「あの、こういうのも酒酔い運転の幇助《ほうじょ》とかになるんでしょうか」

「さあ」

寺内はボンヤリと返事をした。

「それよりあなた、代わりに運転してあげなかったんですか」

「ええ」

来たな、と岸部は身構えた。

「ほとんどペーパードライバーの上に、外車なんて運転したことがありませんからね。第一、私自身も飲んでましたでしょ。自分が酔っ払い運転しちゃ何にもなりませんから」

「なるほど」

寺内の目はどこを見ているのかわからなかった。それほど目が細い。というより、まぶたが腫れぼったいのだ。

「では、神田の店を出てからＢＭＷのハンドルはずっと加瀬氏が握っていたと」

「そうです」

岸部はキッと相手の目を睨《にら》み返した。

「しかし、なんですなあ」

寺内はまた拍子抜けするような声を出す。

「サラリーマンは大変ですなあ」

「といいますと？」

「あれ、あなたは知らない話なのかな」

巡査は血色の悪い頬を人差し指で掻いた。

「もうすぐこちらへ来られるおたくの部長さんね」

「はい」

「あなたが着くちょっと前に、その部長さんから電話があったんですよ」

「はあ」

「そこでいろいろお話ししたんですが、どうも加瀬さんは、あなたの昇進がずいぶんこたえたようですなあ」

岸部は驚きの目を巡査に向けた。

「年下のあなたが自分の上司になると知ったときのショックは相当なものらしくて、部長を飛び越して役員のところへ直談判《じかだんぱん》に行ったらしいですよ」

「……知りませんでした」

部長は気をつかって隠していたのだろうが、岸部にとってそれは衝撃の事実だった。

「ま、私みたいにノンキャリア組で、周りは年下の上司だらけというふうになると、もうそんなことはどうでもよくなるんですが」

寺内は笑顔を作らずに笑った。

「加瀬さんはプライドが高いようで、心底ショックを受けたらしいですな。しかも部長さんがおっしゃるには、直談判したことが裏目に出て、役員からはさんざんなことをいわれたらしいんです」

「………」

「つまり、おまえのようなやつは会社にはいらん、というふうなことをね。それで、加瀬さんは部長さんにね、もう自分はどうなってもいい、死んでやるというようなことを口走ったようなんです」

「死んでやるですって！」

岸部は真っ青になった。

「じゃあ、加瀬さんはぼくを道連れにしようと……」

「泥酔状態なのに岸部さんを送ることにこだわっていたとしたら、あるいは……と部長さんはおっしゃっていました。詳しくは直接お聞きになったらどうですか」

岸部は呆然として声もなかった。

「まあ、そういう事情が加瀬さんにあったにしても、それで罪が軽くなるわけではないんですがね」

突き放すような言い方をして、寺内巡査は眉毛を掻いた。

10

日曜日。

岸部は、妻と息子を約束どおりディズニーランドへ連れていった。

笑い声の絶えない一日だった。

一時はあきらめていた幸せだった。

ふと、同じ時刻に加瀬の家庭はどうなっているだろう、との思いが頭をよぎった。

彼のところにも、やはり三歳の男の子がいるのだ。

だが、すぐにそのイメージを打ち消した。

それは考えなくてもいいことだ。

月曜日。

岸部則雄は係長に就任した。

彼に関するかぎり、世の中は先週と変わりなく順調に動いていた。いつもの時間に仕事がはじまり、いつもの仕事先から電話がかかってくる。

変わったことといえば、岸部の机の向きが平社員のそれに対し直角になったこと。それから、あいかわらず安物とはいえ肘掛けのついた椅子になったことだ。

加瀬の噂《うわさ》は社内中に広まった。その事故に関して、岸部や後輩の吉野たちが咎《とが》められることはなかった。

寺内巡査からきいた話を、野口部長は決して岸部に語ろうとしなかった。

たぶん酒の勢いもあったのだろうが、加瀬があの夜、本当に破滅的なことを考えていたかと想像すると、岸部は背筋がゾクッと寒くなった。

彼が運転の交替をせがんだのは、あのまま自分がハンドルを握りつづけたら、自殺への道をひた走ると思ったからかもしれない。

しかし、潜在的にそういう自己破滅的な意識があったからこそ、人身事故の事実を突きつけられると、自分がやったものと思い込んで疑わなかったのだろう。

しかもひどい酩酊状態だったために、運転交替のシーンが現実のものとして蘇《よみがえ》ってこなかったのだ。

それにしても警察署での面会で、こういう夢を見たと加瀬からいわれた時は、まさに身が縮む思いだった。

だが、その危機も乗り越えた。

奇跡ともいえる幸運が重なって、岸部は加瀬にすべての罪をなすりつけることに成功したのだ。

やっぱりあのとき、正直に警察を呼ばなくてよかった。

あのまま逮捕されていたら、こうしてデスクでのんびりと午後のお茶を飲んでいることもありえなかった。

正直者は馬鹿をみるのだ。

「係長」

女性の声にハッとなって岸部は顔を上げた。

オフィスのマスコット的存在となっている久美子《くみこ》だった。

「さっきからずっと考え事をされてるみたい」

「あ、ああ。ちょっとね」

時計に目をやると、もう四時半だった。

窓から差し込む日差しが斜めに傾いている。

「でも、『係長』ってお呼びしたら、すぐ反応されるんですね」

「え、そうかな……はは、まいったな」

二人は顔を見合わせて笑った。

それが岸部則雄にとって、この会社で見せる最後の笑顔になろうとは、彼自身も思わなかったに違いない。

「で、なにか用事かな」

「はい、こういうお客様が」

久美子の取り次いだ名刺を見て、岸部の表情が曇った。

名刺から顔を上げると、その本人がすでにフロアの入口に立ってこちらの様子を窺《うかが》っていた。

西日のせいで、半身がオレンジ色に染まっている。

岸部と目が合うと、軽く片手をあげた。

寺内巡査だった。

「いや、どうもすみませんね。仕事中をおじゃましまして……お茶とかは結構ですよ。お時間はとらせませんから」

小さな応接室に通された寺内は、腰を下ろすなり岸部に顔を向けた。

その腫れぼったいまぶたを見た瞬間、岸部は本能的に負けを悟った。

(だが、どうして……)

「岸部さん、あなた例の晩、飲み屋を出てから自宅に着くまで、自分は一度も運転を代わらなかったとおっしゃいましたな」

「はい」

「それは確かなんですな」

「ええ」

(頑張るんだ)

岸部は自分自身を励ました。

(正直者が馬鹿をみるんだぞ)

「私はずっと助手席で寝ていましたから」

「ほう」

巡査は唇を丸めた。

「しかし、嘘をついちゃ困りますね、岸部さん」

「嘘?」

岸部は気色ばんでみせた。

「どこが嘘なんです。加瀬だって自分がずっと運転していたと言ってるでしょう」

「あなたね、人が酔っ払って前後不覚になっているのを悪用しちゃいけませんな。そういうのは、ずるいなあ」

寺内巡査はいつもの癖で頬をボリボリと掻いた。

岸部は憮然《ぶぜん》とした表情を装って相手を睨みつける。

しかし、この風采のあがらない警察官が、単なるハッタリをいうために東京まで出てきたとは思えない。

何か自分は重大なミスをしたのだろうか。

「岸部さん」

巡査はつづけた。

「自宅近くまで来たところでとうとう人を撥ねてしまったとはいえ、あれほど泥酔していた加瀬さんが、神田からよくちゃんと運転してこられましたね、成田の先まで」

「…………」

「え、どうです。そのことがどうも気になってたんですよ。ほんとに加瀬さんがずっとハンドルを握っていたのだろうか、とね」

「しかし、現に加瀬が運転してきて、私の家までは無事に来たんですから。それは事実なんですから」

岸部は力をこめていった。

「そうですか」

と言って、寺内は両手をパンと音を立てて合わせた。

「じゃ、どうしてもご意見は変わらないと」

「意見じゃない。事実です」

「なるほどね」

寺内巡査の細い目が一層細くなった。

「でも、こちらにはちゃんと証拠があるんですがねえ。それでも変わりませんか」

「証拠？」

「ええ。これ、ご覧になりますか」

寺内巡査は一枚の写真を取り出して、テーブルの上に置いた。

スピード違反をチェックする自動取締り機が撮影した赤外線写真だった。

ＢＭＷの左ハンドルを握っている岸部の顔がはっきり捉えられていた。

そして、助手席で眠りこけている加瀬の姿も。

「東関東自動車道下り線に備え付けられている機械です。そこに示してある数字は、あなたが出した瞬間速度ですが」

一五五キロという数字が記録されていた。

「ＢＭＷはスピードが出るんです。ごぞんじありませんでしたかな」

岸部は呆然として、その写真を見つめていた。

長い間があってから寺内がつぶやいた。

「じつは下にウチの刑事課の連中も来ているんですよ」

巡査はソファから立ち上がった。

「じゃ、行きましょうかね、岸部さん」

「あの……」

岸部は泣きそうな顔でたずねた。

「五〇キロオーバーだと、免停になるんでしたっけ」

寺内は、もうあきらめなさいというふうに首をゆっくり振った。

だが、岸部はあきらめなかった。

正常な思考回路は、その写真を見た瞬間にショートして切れていた。

「もう飛ばしませんから」

岸部は座ったまま寺内巡査の腕をとってすがった。

「ね、勘弁してくださいよ……いいじゃないですか、一回くらい」

あなた、浮気したでしょ

1

槙原哲雄《まきはらてつお》は完全に油断をしていた。

仙台《せんだい》での単身赴任生活も六カ月目に入ったことで、どこか気が弛《ゆる》んでいたのかもしれない。

「もしもし、あなた？」

それは金曜日のことだった。

昼休みになる少し前、会社の直通ダイヤルに、東京に残してきた妻の真知子《まちこ》から電話がかかってきた。

「なんだよ、あまり会社の方には電話をするなと言っただろう」

答えながら、槙原は反射的に周囲を意識して小声になった。

食品会社の仙台支店営業係長、三十九歳、部下十人。

家族からの電話くらいで、何も遠慮をすることはなかったが、まだ支店の面々に馴染《なじ》んでいないせいか、どうも周りの目が気になって仕方ない。聞き耳をたてられている気がするのだ。

「そっちへ行こうと思うんだけど」

真知子はいった。

「『そっち』って?」

「そっちって、そっちよ」

真知子との会話は、いつもこんなふうにチグハグになる。

あなたよりも早いテンポで頭が回転するから、いちいちよけいな言葉はしゃべっていられないのよ、と彼女はいうのだが、たしかに真知子は頭の良すぎる女だった。

槙原は、結婚してからそのことに気がついた。五つも年下なのに、まるで姉さん女房のようである。

夫婦喧嘩《ふうふげんか》をするたびに、「おまえがそんなに頭デッカチの女とは思わなかった」と槙原がいえば、真知子は真知子で「あなたがそれほどバカな人だとは思わなかったわ」と、平気でやり返す。

仙台への単身赴任の話が出たときは、これで口うるさい妻の顔を見なくてすむ、とホッとしたくらいだった。

「……つまり、仙台へ来るということか」

槙原は、イヤな予感を覚えながら妻に確かめた。

「決まってるでしょ」

「で、いつ」

「夜」

「だから、いつの夜だよ」

槙原はイライラしながら、何度も受話器を持ち替えた。

「きょうよ。きょうの夜」

「なに、今晩！」

槙原は思わず大声を出した。

「明日以降のことだったら、いちいち昼間に会社まで電話しないわよ。そうでしょ？」

いわれてみればたしかにそうだが、いわれるまで槙原は頭が回らない。そのことに、また腹が立った。

「健太《けんた》はお母さんのところに預けて、私ひとりでそっちに行きますから」

槙原の仙台転勤にあたって、真知子は八歳になる一人息子の健太と東京に残る道を選んでいた。

二年すれば夫はふたたび東京本社に戻されるとわかっていたし、なによりも彼女は、子供を東京の名門私立中学に入れることに夢中だった。

息子はまだ小学二年生なのに、である。

だから、夫の仙台行きが決まったときでも、真知子が最初に口にした言葉といえば、「住民票だけは東京に残しておいてね。健太の試験のときに差《さ》し支《つか》えるから」であった。そんなわけで、彼女は単身赴任の夫のことなどは放ったらかしだった。最近、ひんぱんに会社へ電話をかけてくるが、それも息子の受験についてのことばかりだった。

「なんでまた、急にこっちへ来る気になったんだよ」

たずねながら、槙原の頭は焦りでグルグルと回転していた。

（まずい、まずい。いま、いきなり来られては、浮気をしていることがバレてしまう）

単身赴任生活者の多くの例にもれず槙原はすでに『現地妻』を作っていた。

真知子より十も年下、二十四歳になったばかりのウエイトレスで、名前を晴美《はるみ》といった。

若いのと派手なだけが取り柄の、あまり知性を感じさせない女だったが、才女の妻に辟易《へきえき》していた槙原にとっては、そこが非常に新鮮だった。

女はバカなほうが可愛《かわい》いという、古来から日本の男が口にするアレは、やっぱり真実なのだと、槙原はつくづく思った。最近の若い女はとかく利口ぶるが、賢いのは男だけでたくさんだ。晴美と浮気をしてからというもの、槙原は突然、男尊女卑思想に目覚めてしまった。

「うなされたのよ」

真知子の声で、槙原は我に返った。

「え、なんていった」

「うなされた、といったのよ」

「話が見えないな」

槙原は机の下で貧乏ゆすりをはじめた。

いつも妻の話は、こんなふうに自分だけが理解できる飛び飛びの文脈なのだ。

「だから、夢を見たからうなされたのよ。どうして、いちいちそこまで細かく説明しなくちゃわかってくれないの」

「そうじゃなくて、おれが聞きたいのはだ、おまえが仙台に来ることと、夢にうなされたことが、どういう関係があるのかってことなんだ」

「あなたが浮気した夢だったから」

槙原はビクッとなった。

「なん……だって？」

言葉がもつれた。

「あなたが、そっちのマンションで、若い女の人といっしょに住んでいる夢を見たのよ。どう、驚いた？」

「まさか」

ハハハと笑おうとしたが、こういうときに空笑いできるのはテレビや映画の登場人物だけだと気がついた。

まさに、真知子の指摘は図星だった。

「ま、とにかく……」

動揺した気持ちを立て直そうと、槙原は受話器を肩とあごではさみ、胸ポケットからタバコを一本取り出そうとした。

が、情けないことに、指が震えてうまくいかない。

その様子を部下に見られていないかと周りを見回したとたん、こんどは受話器が肩から滑り落ちた。

「ごめん……いや、ちょっとコードが引っ掛かったもんで」

タバコをくわえるのはあきらめて、槙原は受話器をしっかりと握り直し、つとめて明るい声を出した。

「とにかくさ、たまにはこっちで会うのもいいもんだよな。そういえば、おまえが仙台に来るなんて、引っ越しのとき以来だし」

真知子は黙っている。

「健太を置いて一人で来るんだったら、今晩どこか落ち着いた場所でメシでも食おうか。こっちにも美味《うま》い店はいっぱいあるから」

「いいえ」

真知子は毅然《きぜん》とした口調で、夫の申し出を断った。

「食事なんかどうでもいいの。とにかく、あなたのマンションへ行きますから」

「………」

「私、このごろ正夢をよく見るの。だから、とっても気になるわけ」

「あ、そう」

槙原は黙った。

真知子は、夢のお告げというやつを妙に信じる傾向がある。健太の志望中学にしても、夢の中に出てきた制服のスタイルから、ここに受かる運命に違いないと決め込んでしまっている。

「そっちに八時ちょうどに着く新幹線で行くわ」

「だったら、駅に迎えに行こう」

槙原はいった。

いきなりマンションに乗り込んでこられるより、そのほうがまだ気持ちの準備ができる。

「そうね、そうしてもらおうかな」

真知子は、めずらしく素直に答えた。

「じゃ、新幹線の改札口に出たところで待っているわ」

「わかった」

「じゃあね」

「ああ……」

2

受話器を置いたあとも、槙原は電話機に手を伸ばしたままの格好で考え込んだ。

結婚十年目にして、ようやくおずおずと踏み出した浮気の道だったが、その第一歩でつまずこうとは思ってもみなかった。

地方の資産家の娘である真知子は、金の苦労を知らずに育ってきた。こういう育ち方をした女は、成長して大人になったとき、二種類のタイプに分かれる。

おっとりとしたお人好《ひとよ》しか、自分が天下のわがまま娘か。

もちろん真知子は後者である、と槙原は考えていた。とにかく彼女は、男をたてるということを知らない――槙原は、いつもそれを不満に思っていた。

だからチャンスさえあれば、彼女の目を盗んで浮気を楽しみたいと願っていたのだが、いままでそれをしなかったのは、真知子の父親から、女問題で娘を苦しめるのは絶対に許さんぞとクギを刺されていたからである。

槙原の浮気がもとで離婚となれば、いずれ真知子が受け継ぐであろう莫大《ばくだい》な遺産の余禄《よろく》にあずかる権利も、すべて失ってしまうことになる。そうなっては、これまでのガマンが水の泡だ。

だが、仙台に単身赴任となり、しかも妻のもっぱらの関心事が息子の教育に集中しているとあって、ようやく浮気もだいじょうぶと安心した矢先――まさに、その矢先の電話だった。

それにしても真知子のやつ、よりによって現実どおりの夢をみるなんて、と槙原は偶然のいたずらに歯軋《はぎし》りした。

いや、夢をみたというのは嘘《うそ》で、真知子はすでに何か浮気の具体的証拠をつかんでいるのかもしれない。

槙原は急に不安になった。

それにしても、夫の浮気を本気で疑っているならば、抜き打ち的に現場に踏み込むのがいちばん効果的なはずである。ところが真知子は、わざわざ電話をかけてよこし、新幹線の到着時刻まで教えている。

なにか妻の行動には、ウラがあるように思えてならない。

槙原は腕時計を見た。

十二時五分前。

真知子の到着まで、およそ八時間ある。

ともかくその間に、自分の部屋から浮気の痕跡を、すべて完璧に消し去らねばならない。

こうなったら、いろいろ頭を悩ますより、徹底防戦に入るしかない。なにがなんでも浮気の事実を隠し、追及にあったらトボケ通すのだ。

槙原は机の上に出した書類を手早く片づけると、昼休み開始のチャイムが鳴る前に席を立って外に出た。

3

「女房がこっちに来る。今晩八時だ」

十円玉の落ちる音がするなり、槙原はそう切り出した。

公衆電話ボックスからかけた先は、彼がいま賃貸で借りている1DKのマンションである。

単身赴任者は会社が用意する社宅に入ることもできたのだが、それを断って自分で住まいを調達したのは、初めから心のどこかに浮気願望があったからに違いない。

それに、この程度の広さなら家賃も知れたものだった。

そのマンションの一室に、だいたい週に二、三日の割合で、晴美が泊まりに来ていた。

ウエイトレスの彼女は、店が遅番のときは、昼過ぎまで槙原の部屋で過ごしていることが多い。きょうもそのパターンだった。

「奥さんが？　今晩来るの？」

電話に出た晴美は、のんびりとした声で聞き返してきた。

もっと大袈裟《おおげさ》に驚くかと思っていたのに、勢い込んでしゃべりはじめた槙原は、少し拍子抜けした。

電話の向こうでは、テレビの鳴っている音が遠くに聞こえる。どうせ昼間のバラエティショーでものんびりと見ていたのだろう。

「ねえ、なんで急に来ることになっちゃったのよ」

さっき槙原が真知子にたずねたのと同じセリフを、こんどは晴美が繰り返した。

「おれが若い女と浮気した夢を見たもんで、心配になって様子を確かめてみる気になったそうだ」

「うそー」

晴美の「うそー」という言葉には、笑いさえ含まれていた。

この子はどこまで呑気《のんき》なんだろう、と槙原は苛立《いらだ》ってきた。

「おまえとの関係がバレるかどうかの瀬戸際なんだぞ」

槙原はつい大声になった。

「なにしろ大急ぎで、おれの部屋からおまえの痕跡を消さなければならないんだ」

「コンセキ？」

「晴美がおれの部屋に通ったり泊まったりしたという証拠のことだよ」

晴美は非常に日本語のボキャブラリーが少ない女だった。だから槙原は、真知子としゃべるときとは別の意味で、晴美にイライラさせられた。

化粧は濃いが、頭の中身はどうも薄いのである。

「とにかく、いますぐタクシーを飛ばしてそっちに戻る」

槙原はいった。

こういう非常時には、職住近接の地方都市は便利である。

槙原が借りているマンションは、会社から車を飛ばせばわずか十分の距離にあった。

つまり、昼休みを利用して自宅に戻ることが可能ということだ。

わずかな時間でも、部屋に帰れば晴美に直接指示ができるというものだ。そして、残りは夕方以降の勝負になる。

「じゃ、会社を早引けしちゃうわけ？」

「バカいえ」

妻に頭が上がらない反動で、槙原は晴美に対してはバカを連発した。

だが、彼女はさして気にする様子がない。

「おれはサラリーマンだぞ。そんな簡単に会社を早退できるわけないだろう。昼休みが終わる一時までには、また戻らなくちゃならない。だから、おまえが夕方までの間に、おれのいったとおりに部屋を整理するんだ」

「ええーっ」

晴美は、不満そうな声を出した。

「でも、私だって二時にはここを出て、お店のほうに行かないとならないのよ」

「店なんか休め！」

槙原は怒鳴った。

「おまえのことが女房にわかったら、おれたちの関係はおしまいだぞ。そうなってもいいのか」

浮気が露見して破綻をきたすのは槙原の方だけなのだが、きつい口調でいわれると脅されたような気分になったのか、晴美はあっさり前言を翻した。

「……わかった。じゃ、お店は休む。風邪かなんか引いたことにして」

「それでいいんだ。ともかく一分でも時間はムダにできない。いいか、おまえは自分の物を片づけはじめておけ」

槙原はそれだけいうと、電話ボックスから飛び出してタクシーに手をあげた。

4

タクシーに乗っている間じゅう、槙原は必死に頭を働かせた。

彼のマンションには、『現地妻』がいたという証拠が至るところに残っている。晴美の洋服や下着や化粧品などは、あの子が自分で片づけるだろうが、真知子の目はその程度のことではごまかせない。

やはり単身赴任をしている槙原の友人で、洗濯物のたたみ方から浮気がバレたという例があった。男にしてはシャツの袖だたみがうますぎる、というわけである。

そうかと思えば、パンツの干し方がいつもと違っていたため、妙なところにこんもりと洗濯ばさみの跡がついて、そこから怪しまれたというケースもある。

女のカンは鋭いというが、真知子のそれは特別製だ。こちらも考え得るかぎりの目配りをしなければ、とうてい騙《だま》しおおせるものではない。

「どこまでやった」

息せききってマンションのドアを開けるなり、槙原はたずねた。

「うんとー」

晴美は人差し指を唇にあてて考える。

ふだんは可愛く思えるしぐさも、いまは槙原をいらだたせるばかりだ。

「早く答えろよ、時間がないんだぞ」

そういいながら、槙原は背広を脱ぎ捨て、ワイシャツの袖をまくった。

まず洗面所に直行して、洗面台のまわりをチェックする。

晴美の歯ブラシや化粧品などは、すでに取り除かれていた。彼女が持ち込んだヘアスプレーやドライヤーも片づけられている。

「カンペキでしょ」

槙原の後ろにきた晴美が、得意そうにいった。

槙原は返事をせずに点検をつづける。

洗面ボウルに長い髪の毛が落ちているということもない。ファウンデーションが飛び散った跡もない。

ひとまずここは合格だ。

つづいて洗濯機のフタを開ける。

「あ、中の洗濯物は、とりあえずぜんぶ外に干しといたけど」

「まさか、おまえのパンツなんかをいっしょに干してないだろうな」

「干してる」

「バカ」

「だいじょうぶだってば。乾いたらすぐに取り込んで、私の分はバッグに詰めて持って帰るから」

「ほんとうだろうな。忘れるなよ」

槙原は、疑わしそうな目で晴美を振り返った。

「それから、おれの洗濯物をしまうときに、きちんとたたむなよ。雑にやっとけ、雑に。男っぽくな」

「はあい」

素直なのは晴美のいちばんの取りえである。真知子が晴美の立場だったら、こうはいくまい。

「これは、おまえの家に持って帰れ」

洗濯機の横にあったソフト仕上げ剤を、槙原は取り上げた。

「こういうものに真知子は目をつけるんだ。夫婦いっしょに住んでいるかぎりは、ごくあたりまえな日用品だが、男の一人住まいにこれがあるのは不自然だ、って品物にな」

「なるほどー」

晴美は容器を受け取りながら、感心してうなずいた。

「キッチン回りでいえば、塩・胡椒《こしょう》・砂糖・ソース・しょうゆ・化学調味料・サラダ油あたりまでは問題ないが、小麦粉・片栗粉《かたくりこ》・みりん・けずり節のパックとなると、怪しまれる。おれは、必要最低限の料理しか作らないから、そういうものが置いてあるはずならない。


「わかった。じゃ、片づけてくる」

ウエイトレスをしながら見よう見まねで覚えたのか、晴美はあんがい器用に料理をこなした。それだけに、キッチンや冷蔵庫の中は、しっかりチェックしておかなければならない。

晴美はキッチンのほうへ行ったが、槙原はその場に残って、バスルームを開けた。

さすがにここは、晴美も入念に証拠を消したようである。

排水口の髪の毛を取り除いておくことはもちろん、女性用のシャンプーやリンスなどもすべて撤去してあった。

晴美は、半透明のバラ色をしたおしゃれな石鹸《せっけん》を使っていたが、それは槙原が中元でもらった『牛乳石鹸』に替えられている。ごくふつうの白い石鹸である。

ただし、まったくの新品をおろしてあるのもどうかと思ったので、槙原はシャワーを出して、その石鹸を手でこすった。

それから、あやうく見落としてしまう品物もあった。

スポンジである。

晴美といっしょに風呂を使うようになってからは、槙原は彼女の影響でボディ・スポンジで体を洗うようになっていた。が、夫がタオル以外で体を洗っているとわかったら、真知子は必ずその点を追及してくるだろう。

　彼はいそいで会社の十周年記念のタオルを出してきて、水に濡《ぬ》らしてしぼり、それをタオル掛けに下げた。

　次にトイレを開けた。

（まさか、晴美のやつ、トイレットペーパーの端を三角折りなんかにしていないだろうな）

　それはだいじょうぶだったが、彼女が買ってきたレモンの香りがする芳香剤は、はずしておいたほうがよさそうだ。

「ねえ」

　晴美の呼ぶ声がした。

「スパゲティの麺なんかも、どけておいたほうがいいかな」

「もちろんだ」

　槙原は額の汗を拭って、キッチンにやってきた。

「で、冷蔵庫の中はどうした」

「だいたいきれいにしたよ……ほら」

　晴美はドアを開けてみせた。

「心配だから、サラダのドレッシングなんかも持って帰るね。ちょっと変わったブルーチーズ入りのやつだったから」

「ああ」

「ケーキも買っておいたんだけど、これはいま食べちゃおうか」

「そんなヒマはない。ぜんぶおまえにやるよ」

「えー？　四つもケーキ食べたら太っちゃうよー」

のんきなリアクションをよそに、槙原は真剣そのものといった表情で、冷蔵庫の中に顔を突っ込んだ。

「おい、これもだめだ」

彼は卵のパッケージを取り出した。

「どうして。朝ごはんに生卵をかけるのは、昔からの習慣だったんでしょ」

「卵自体はあってもいいんだが、一ダース入りのパックで買い置きしてあるのがまずい」

槙原は答えた。

「いくら生卵のごはんかけが好物でも、男の一人住まいなら、せいぜい半ダースずつ買うのがいいところだろう」

「そうかあ」

またまた晴美は感心し、目を輝かせた。

「でも、なんだか探偵ごっこみたいで面白いね、こういうのも」

「バカ」

　槙原は叱った。

「こっちは『ごっこ』でやってるんじゃないんだ……おい、納豆が入ったままになってるじゃないか。おれが納豆を食べないことを忘れたのか」

「あ、ごめーん」

「それからこれもいかん」

　槙原は、マヨネーズのチューブとバターを次々に取り出した。

「どうして」

「このマヨネーズは『味の素』だろう。真知子は、いつも『キユーピー』しか買ってこなかったんだ」

　槙原は早口で説明した。

「バターだって『森永』じゃない、『雪印』を使うのが、絶対に変えないあいつの習慣なんだ。だから、ここのも同じでないと」

「ふうん」

　なんとなく寂しそうな顔で、晴美は邪魔者扱いされた食品を腕にかかえ込んだ。

　その様子をみて、さすがに槙原もかわいそうになり、晴美の唇にキスをした。

「まあ、そんな顔をするなよ。とにかく、こういうバタバタはきょうだけだ。また明日になれば、おれとおまえの生活がはじまるじゃないか」

「ほんとに？」

「ほんとだよ」

「なんだか、私もいろいろな物といっしょに、このまま捨てられちゃうみたいで」

晴美は涙ぐんだ。

「バカいえ。おれには絶対おまえが必要なんだ。わかってるだろ」

「だけど私って、学歴もないし、それにバカだし」

だからこそ、別れるときも簡単だというのが槙原の計算だったが、いまは真知子をけなしておいたほうが無難だった。

「女房みたいに、いくら頭が切れてもしょうがないよ。女はやっぱり女らしくなくちゃ」

そう言って槙原は、もういちど晴美と唇を合わせた。

口紅特有の味がした。

それで気がついた。

「口紅だ」

キスの途中で唇を離してつぶやいた。

「え？」

晴美が、けげんな顔で聞き返す。

「口紅だよ、口紅」

槙原は、とたんに落ち着かない顔になった。

晴美は妻と違って、部屋にいるときから化粧をしている。それもかなりの厚化粧だ。

「おまえの口紅、タオルなんかについていないだろうな」

「さあ……」

「さあ、じゃない。すぐに調べるんだ」

槙原は怒ったように指示を飛ばし、自分はキッチンの食器類を調べはじめた。

「やっぱりな」

槙原はため息をついた。

コップやコーヒーカップのいくつかに、うっすらと晴美の口紅がついたままになっていた。

「どうして、ちゃんと洗っておかないんだよ。口紅の跡が見つかったらアウトだぞ」

また槙原は不機嫌になった。

晴美は洗面所の片隅で、黙々とタオルのチェックをしている。

ときどき鼻をすすりあげる音が聞こえてきたが、あえて槙原はそれを無視した。

（口紅、口紅……）

槙原は、ふとゆうべのことを思い出した。

自分の体についたキスマークだ。

だが、これは問題なく隠しおおせるだろう。しばらくぶりに会ったからといって、裸を見せあうような夫婦関係ではないのだから。

他には、晴美の口紅がついていそうな物はないだろうか。

槙原は、あたりを見回した。

そのとき、リビングの片隅に置いてある白い電話機が突然鳴り出した。

5

電話のベルを聞いて、浴室から晴美が飛んできた。

が、槙原と目が合って立ち止まる。

ここは槙原の一人住まいなのだから、彼女が電話を取るべきではなかった。しかし、槙原は槙原でためらっていた。

平日の昼に自宅に電話をかけてくるなんて、いったい誰なんだろう。

マンションやゴルフ会員権などの勧誘電話とは考えられない。

なぜなら、仙台には住民票を移していないし、ここの電話番号もＮＴＴの電話番号簿には載せていない。クレジットカードの住所もすべて東京のままだから、何かの顧客リストを入手した勧誘電話が、このマンションにかかってくるはずがないのだ。

もっとも頻繁に電話をかけてくるのは晴美だったが、いまはその当人がここにいる。妻の真知子は、さっき会社に電話をくれたばかりである。

すると、会社の人間からだろうか。

留守番電話は付けていないため、ベルが鳴りつづける。

槙原は電話機を見つめたまま、まだためらっていた。

たまたま会社の誰かが、槙原が一時帰宅したのに感づいて、電話をかけてきたのかもしれない。彼はそう考えた。

だが、それならそれで言い訳のしようもある。夕方の会議に必要な書類を自宅に忘れたので、取りに戻ったといえばいいのだ。

なにをビクビクしている、と槙原は内心で自分を叱った。どうもおれは支店の連中に気を遣いすぎるぞ、昼休みに自宅に戻っていたからといって、何もやましいことはないはずだ。

彼は呼吸を整えて受話器をとった。

「はい、槙原ですが」

と、意図的に重い声で応対する。

無意識に電話の送話口に目がいったが、さいわい、晴美の口紅がついているようなことはなかった。

「もしもし?」

こんどは尻上がりの調子で、槙原はきいた。

ラインはつながっているのだが、相手の声が聞こえてこない。いや、明らかに電話の向こうで押し黙っている様子が伝わってくる。

なんとなく男であるような気配だ。

「おい」

槙原は乱暴な口の利き方になった。

「まちがい電話ならまちがいでしたと、謝ったらどうなんだ。黙っているなんて失礼だぞ」

それでも相手は黙っていた。

こうなったら、相手が何かをいうまでは電話を切らないぞ、と槙原もだんまりを決め込んだ。

そのとき、自分をじっと見つめている晴美の視線に気がついた。

不安におののく子兎《こうさぎ》のような目だ。

直感が走った。

（まさか……）

この電話の主は、槙原に用があったのではなく、晴美と話をしたかったのではないか。平日の昼間には、このマンションには晴美しかいないと知ったうえで、電話をかけてきたのではないか。

それがどんな人間であるかは、考えるまでもない。

槙原は思いきってその疑惑を口にした。

「いつまで黙っていても、晴美には代わってやらないぞ」

電話の相手が「あ」と声をあげた。

やはり男の声だった。

晴美が震え出した。

それで証拠はじゅうぶんだった。

槙原は怒りにまかせて電話をたたき切り、晴美に向き直った。

「おまえ、おれに隠れて浮気していたな」

自分のことは棚に上げて、槙原は歯をむいた。

晴美は、すくみあがって声もなかった。

「こそこそと泥棒猫みたいなことをしやがって。おれが会社に出かけたあと、この部屋で男と寝ていたのか」

「ううん、寝てはいないわ」

晴美は、語るにおちる返事をした。

槙原の平手が彼女の頬に飛んだ。

「だって……」

ぶたれた頬を押さえ、泣きながら晴美は弁解した。

「不安なんだもん、こわかったんだもん」

「何がだ」

「わたし、槙原さんのこと大好きなのよ。大好きだから別れるのが怖かったの」

「利いたようなことをいうな」

「本気よ、本気でそう思ってるの」

晴美は涙に濡れた顔をあげた。

「だけど、いくら槙原さんを愛しても、東京には奥さんも子供さんもいるし」

「女房なんかは関係ないといってるだろ」

「そういってくれるのは、きっと仙台にいる間だけよ」

槙原はハッとなった。

「単身赴任が終われば、私との間もおしまいでしょ。少なくとも、こうやって毎日会うことはできなくなるわ。それとも、槙原さんが東京に戻るとき、私もいっしょについていっていい？」

「………」

「ね……」

静かに晴美はつぶやいた。

「人事異動の紙切れ一枚で終わる恋なんて、深入りしたら傷つくばかりだわ」

「どうせそのセリフは、誰かの受け売りだろ」

槙原は、せいいっぱいの皮肉を込めていった。

ボキャブラリー不足の晴美では、考えたとしてもいえるフレーズではない。

「槙原という単身赴任のサラリーマンと手を切るときには、そういえばいいと教えてくれたんだろう、おまえのカレが」

「………」

沈黙は肯定を意味していた。

「何をやっているやつなんだ」

「青年実業家」

晴美はポツンと答えた。

槙原は、ケッともカッともつかない言葉を吐き捨てた。

「青年実業家だって。けっこうなことだ。女優気取りかよ。おまえは」

「だって」

「弁解はもういい！」

槙原は怒鳴った。

「同時に二人の男に媚《こ》びるなんて、とんでもないやつだ」

彼は怒りにまかせて椅子を蹴飛ばした。

「おれは会社に戻るけど、おまえもここを片づけたら、さっさと出ていけ。そして、もう二度とおれの前に戻ってくるな」

それだけは許してと、泣いてすがる晴美を予想してのタンカだったが、案に相違して、彼女はすんなりとうなずいた。

「わかりました」

「…………」

しまったと思ったが、槙原も男の意地で引っ込みがつかなくなっていた。

「わかったんだな」

「はい」

「ほんとうに、わかったんだな」

「はい、もうここには帰ってきません」

「だったら、預けておいた合鍵は、部屋を出るときに郵便受けに投げ込んでおけ」

晴美は無言でこくんとうなずいた。

「……ま、そういうことだ」

槙原は、たくしあげていたワイシャツの袖を下ろし、背広を着込みながら、予想外の展開に内心うろたえていた。

妻に対して浮気をバレないように工作するはずだったのが、どこをどうまちがえたか、その浮気相手との別れ話になってしまった。

しかし、いくら悔やんでも事態は元に戻りそうにない。

晴美はすっかり萎縮して、とにかく一刻も早く槙原の前から去るべきだと思い込んでしまっている。

「嘘ついちゃって……ほんとにごめんなさい」

晴美はもう一度槙原にぺこんと頭を下げ、涙を手の甲でふきながら、洗面所に姿を消した。

6

「どうしたの、浮かない顔ね」

仙台駅からマンションへ向かうタクシーの中で、真知子が槙原の顔をしげしげと見ていった。

「ひさしぶりに正妻と会っても楽しくないというわけかしら」

「おまえね、そういうトゲのある言い方はやめろよ」

「どこが?」

「正妻って言い方だよ」

槙原は苦々しい顔で、夜の街並みに目をやった。

「それじゃまるで、おれが浮気してるみたいじゃないか」

「あら、まるで浮気なんかしていないような口ぶりね」

「あたりまえさ」

槙原は聞こえよがしの吐息をついた。

「仕事仕事で体がいくつあっても足りないようなときに、浮気だなんて優雅なことはできるわけないだろう」

「あ、そう」

「なにしろ本社と違って、こっちは人手不足で残業につぐ残業だよ。こないだなんかも……」

「そういうお仕事の話はいいの。聞いてもわからないから」

真知子はピシャリと封じた。

それで、槙原も話の継ぎ穂を失って黙りこくった。

仕方なく彼は、頭の中でさっきまでの出来事を振り返った。

会社を退《ひ》けて、六時過ぎにいったん部屋に戻ってみたが、当然のことながら、晴美の姿はすでになかった。

約束どおり郵便受けには合鍵が投げ込まれていたが、他《ほか》には書き置きひとつ残されていないのが、彼の寂しさを募らせた。

いざ自分の前から消えてみると、晴美のいいところばかりが思い返された。

若くて、明るくて、よく笑って、派手で、それでいて素直で……。とにかく、真知子のように、ああいえばこういう式の理屈をこねることがなかった。

後悔のかたまりになって、槙原は部屋の中を見回したが、晴美という女がここに通っていたという痕跡は、まさに跡形もなく消えていた。

そうすることが本来の目的だったのだが、槙原はいいようのない虚《むな》しさに襲われた。

「こんなことなら、あいつの思い出を消すんじゃなかった……」

急に殺風景になった部屋で、槙原は思わず独り言をもらした。

「けっこうきれいにしてるじゃない」

タクシーから降り、夫の部屋に上がり込むと、真知子はまずそういった。

「おまえが来るというんで、いちおう掃除をしておいたんだよ」

槙原は暗い声で答えた。

「掃除ね……」

妻は周囲に鋭い視線を投げながら、夫の嘘を見透かしたように、鼻先から言葉を吐いた。

「ま、一通り見せてもらうわ」

真知子は素早い身のこなしで、洗面所、浴室、トイレ、キッチン、そしてリビングと順番に見て回った。

引き出しや扉が開けられるたびに、何かまずいものが出てくるのではないかと、槙原はビクビクした。

しかし、晴美のいじらしいまでに完璧な処理のおかげで、真知子もなかなか浮気の決定的証拠をつかめないでいるようだ。

彼女は最後に、リビングに置いてある白い電話機を取り上げた。それは、この部屋で唯一、妻が選んだ品物といってよかった。

その他の生活必需品は、すべて槙原自身がデパートなどに足を運んで買い揃《そろ》えなければならなかった。それくらい真知子は息子にかかりきりで、槙原を構わなかったのだ。

「おい、どこへ電話するんだ」

槙原はたずねた。

プッシュホンのボタンに左手をのせたまま、真知子は右手につかんだ受話器をじっと見つめていた。

その姿は、槙原の目に不気味に映った。いまにも晴美に電話をかけて、修羅場を演じそうな雰囲気だ。

晴美の存在が知られているはずはないのだが、後ろめたさがあるせいで、妻の動作ひとつひとつが槙原に不安を呼び起こさせた。

「あなたが素直に謝れば、丸くおさめてあげてもいいわ」

意味ありげにつぶやくと、真知子はどこにも電話をせずに、受話器を静かに戻した。

「謝るだって」

「そうよ。単身赴任をいいことに、女を勝手に連れ込んで浮気して申し訳ありません。こんなことは二度といたしません——そう言って、私の前で土下座すれば、今度だけは大目に見てあげる」

「冗談じゃない」

ムッとした顔をすると、槙原はリビングのテーブルに向かって腰を下ろした。

「おれにはまったく身に覚えのないことだ」

「あ、そう」

真知子は、ドンと勢いをつけて槙原の正面に座った。

「じゃあ、この部屋に女を入れたことは一度もないというわけね」

「もちろんだ」

「絶対にないわね」

「絶対にない」

「あとで、会社の女の子が遊びに来たことはある、なんて弁解してもダメよ」

「くどいな」

いくら真知子が疑っても、具体的な証拠は何もないのだ。槙原は強気になっていた。

「この部屋には、男の部下が何度か飲みに来たくらいで、女が上がり込んだことは断じてない。だいたい夢を本気にするほうがどうかしているんだ」

「ふうん」

冷たい目で槙原を見据えながら、真知子はハンドバッグから何かを取り出した。

「じゃあ、これはどう説明してくれるのかしら」

7

真知子が手にしたのは銀行の通帳だった。槙原名義の普通預金で、給料の振り込みや公共料金の引き落としなどに充てている。

「その通帳がどうかしたのか」

　槙原は不思議そうにきいた。

「ここの電話代はどうやって引き落とされているか、ごぞんじ？」

「もちろん。その通帳からだよ。いちいちこっちで別に口座を開くのは面倒だからな」

　当然のごとく答える槙原の顔を、真知子は軽蔑《けいべつ》の目で眺めた。

「あなた鈍いのね。自分の失敗にまだ気がつかないの」

「失敗？」

「月々五万円以上の電話代が口座から引き落とされていても、私が何の疑いも抱かないと思っていたの？」

「五万円だって！」

　槙原は驚いた。

「私だって、いまさらあなたがダイヤルQ²のエッチな電話なんかに、馬鹿げた情報料を支払うとは思わないわ。むしろ、これは長距離電話を長々とかけるような相手ができたんだな、と感じた」

（晴美のやつ……）

　槙原は青ざめた。

（おれが会社にいるときに、この部屋から男に延々と長電話をしていたんだな）

彼は自分のうかつさに歯軋りをした。

支払い者である自分の住所を東京にしておいたため、NTTからの領収書は仙台のマンションには送られてこない。だから、突然跳ね上がった電話代にも気づかなかったのだ。

「わかったかしら。あなたに浮気された夢をみたのは本当だったけど、それが正夢になると心配していたのはウソ」

真知子は勝ち誇った口調で言った。

「最初に夢ありき、じゃないのよ。まず現実があったわけ、謎の電話代がね。そのことを考えていたから、ついつい夢をみてしまったの。無意識のうちに、私の心が正解を出してくれていた、ということね」

槙原は返す言葉がなかった。

夢をみた程度でわざわざ仙台まで乗り込んでくるのは、どうもおかしいと思っていたのだ。

だが、ここで真知子の追及にたじろぐわけにはいかない。

「ちょっと待ってくれ」

彼は必死に『余裕の笑み』を浮かべた。

「電話代がかさんだのにはワケがある。じつは家に帰ってからも、あちこちの仕事先に電話をかける必要があったからなんだ。いや、いずれ会社に立て替えた分を請求しようと思っていたんだが、これほどの金額になっているとは……」

「へたな言い訳ね」

真知子の目には怒りがこもっていた。

「へたすぎて腹が立つわ」

「信じてくれ、ほんとうに仕事の必要があって長距離電話を……」

「ええ、ええ、そうでしょうよ」

真知子はおおげさにうなずいた。

「たしかに東京からこの部屋に電話をいれても、たびたび話し中だったわ。だから、相当忙しいんだなとは思っていましたけどね」

「だろ？」

「でも、それは平日の昼間のことよ」

「…………」

「なぜこんな時間に家にいるんだろうと不思議だったわ。ところが念のために、そのあとすぐに会社のほうに電話をすると、ちゃんとあなたは席にいるじゃない。きょうもそうだったけどね」

槙原は唇を噛《か》んだ。

真知子がわざわざ会社にまで電話をかけてきたのは、浮気の証拠を裏付けるためだったのだ。

「知らなかったわ。あなたって、この部屋から会社まで瞬間移動ができる超能力者だったのね」

「いや、それは……」

槙原は無駄と知りつつ、なおも悪あがきを続けた。

「たまたま受話器がはずれていたとか、何か混線して話し中になったんじゃないかな。よくあるんだよ、電話の調子がおかしくなることが」

「だったら、これは何」

真知子は立ち上がると、電話のところに歩み寄り、受話器を夫の顔に向かって突きつけた。

「ここをよく見てちょうだい」

槙原は、真知子が指さした場所に目をやった。

受話器の耳に当てる部分が、ほんのりとピンク色に染まっていた。

「白い電話機を選んでおいてよかったわ。まったく何が役に立つかわからないわね」

まだ事態を把握できずにいる槙原に向かって、真知子は言った。

「これは頰紅がこすれた跡よ」

「頬紅だって……」

槙原はよろよろと立ち上がって、妻の手から受話器を受け取った。

「女がこの電話機を使った証拠です。それもたびたびね」

真知子の声はトゲトゲしさを増した。

「一回や二回、受話器を顔に圧《お》し当てたくらいでは、こんなふうに色移りはしないものよ。かなりの回数、この電話を使っていないとね」

槙原は、こびりついたピンク色の顔料を眺めた。まちがいなく、晴美がメイクに使っていた頬紅と同じ色だ。

よもや、こんなところに落とし穴があろうとは考えてもみなかった。

「同じ受話器でも、口を近づける方には自然と目がいきやすいわよね。だから、そこに口紅がついていないかどうかは、あなたが注意したかもしれないけど、耳のほうまでは気がつかなかったわけよ。ま、あなたの頭なら無理もないですけど」

真知子はだんだんと早口になった。

「さあ、これでも部屋に女を上げたことはないと言い張るつもり？」

真知子は胸をそらして夫を睨《にら》んだ。

「きっと彼女、厚化粧だったんでしょ。濃い頬紅だもの。しかも無神経な子ね。男の部屋で勝手に電話を使い、こういう汚れを残しても平気なんだから」

「晴美はそんなだらしない女じゃない！」

反射的に怒鳴ってから、槙原はハッとなった。

だが、もう手遅れだった。

真知子は表情を変えた。

般若《はんにゃ》を連想させる形相だ。

「晴美さんていうのね。よかったわ、名前まで教えてもらって」

槙原は、がっくりと肩を落とした。

「私が急にここへやって来るというんで、あなたと彼女は、大あわてで部屋を片づけたんでしょ」

槙原は、ついにあきらめてうなずいた。

「そんな姑息《こそく》なことをしたってね、私の直感はだませないわよ。冷蔵庫にしても押し入れにしても、整理の仕方がどこかわざとらしいわけ。わかる？　きれいすぎたり、乱雑すぎたり……自然さを装おうとすればするほど、不自然になっているの。あなたの態度も、この部屋の雰囲気もね。でも、決定的だったのは受話器の頬紅。これが動かぬ証拠よ」

槙原は観念した。

と、同時に開き直った。

どうせ離婚騒ぎになるのだったら、少しは強気に出なくては男がすたる。おれは男なんだぞ。真知子の奴隷じゃない。

「晴美は、いい女だったよ」

せいいっぱい強がって、槙原はいった。

「それに素直な女だった。おまえみたいに頭は良くないけど、その分、気立てが百倍優しかった」

「だった、だった、って過去形ばかりでいうけど、どうしたのよ」

真知子はせせら笑った。

「きょうのドタバタ騒ぎで、二人の間がこじれてしまったのかしら。だったら悪いことをしたわね」

槙原は言葉を途中で呑み込んだ。

なんという女だ。人のわずかな言葉尻を捕らえて……。

これだけ頭の回る妻を相手に、隠しごとをしようというのが、そもそもの間違いだったのかもしれない。

おかげで自分はすべてを失った。

せめてもの救いは、たったひとつだけでも晴美の思い出が部屋に残っていたことだ。

槙原は受話器をつかんだまま、晴美の頬紅の跡をいとおしそうに指でなぞった。

「ま、これだけ事実関係が把握できればじゅうぶんだわ」

真知子はバッグを手に持ち、玄関におりて、さっさと靴をはいた。

「まだ最終の新幹線には間に合うわ。私、帰ります。あ、いいの。送ってくれなくても結構よ。適当にタクシーを見つけますから」

言葉もなく立ち尽くす槙原に背を向け、真知子はマンションのドアを開けた。

そして、半歩だけ足を踏み出したところで、もう一度夫を振り返っていった。

「でも、その子、本当に気がついていなかったのかしらね、自分がつけた頰紅のこと」

それは経費で落とそう

1

「領収書ください」

その居酒屋を出るとき、塩崎守《しおざきまもる》はレジの女の子に言った。

「かしこまりました。宛名は『上様』でよろしいでしょうか」

かすりの着物を着ているわりには、やけに洋風な顔立ちの女の子がたずねた。

「じゃなくて、『初狩電器《はつかりでんき》』って書いてくれる」

「はつかり、ですか」

「うん。初めての『初』に、狩人《かりゆうど》の『狩』。むかし『あずさ2号』っていう曲を歌ってたのがいたでしょ、狩人っていうのが」

「さあ……」

「ま、いいや。とにかくそう書いて」

「はい」

「あ、それとさあ、一万円出ちゃったんだよね」

「ええ、消費税込みで一万五千二百四十円頂戴いたしますが」

「じゃ、領収書二つに分けて。そうだな……九千円と六千二百四十円。いや、八千二百四十円のほうが、らしくていいや。それと、あと残りをもう一枚のほうに書いて」

「はい。それで日付けはどういたしましょう」

「入れないでおいてくれる、両方とも」

「かしこまりました」

「……あ、あ、初狩電器のキは、ふつうの電気じゃなくてウツワの器を書くんだよ。わるいけど書き直してくれないかな」

　ムッとするレジの女の子にかまわず、二枚の領収書を受け取った塩崎は、楊枝《ようじ》をくわえながらご機嫌で外に出た。

「どうもごちそうさまでした」

　店から出るなりペコリと頭を下げたのは、大学三年生の勝沼竹夫《かつぬまたけお》である。

　彼はアメリカン・フットボール部のクォーター・バックで、同じポジションを守っていた塩崎の六年後輩になる。

　つまり、後輩がOBに夕飯を御馳走《ごちそう》してもらったわけだが、勝沼は心配そうな顔になっていた。

「いいんですか、先輩」

「なにが」

「ぼくにおごってくれた分の領収書を会社に回すんでしょ」

「もちろん、いまのは経費で落とすんだ」

塩崎には、まったく悪びれたところがなかった。

「だいじょうぶなんですか」

「ばかやろ、おまえが心配することじゃない。こう見えても塩崎守、初狩電器営業部の若きエースだ。会合費くらい、たっぷり枠がある」

そういうわりには、一万円以上の領収書が自由に落とせない様子なのが、勝沼は気になった。

しかし、それ以上こだわっても失礼になると思い、アメリカン・フットボール部の後輩は口をつぐんだ。

「よし、勝沼。つぎ行くぞ、つぎ」

「え、まだ行くんですか」

「あたりまえだろ。一軒だけで可愛《かわい》い後輩を帰したら、OBの名がすたるじゃないか。いいか、きょうは徹底的に飲むから、そのつもりでつきあえ。朝の三時、四時は覚悟しろよ」

塩崎は勝沼の広い肩をドンと叩《たた》いた。

「いいんですか。オレ、飲むとなったら、いわれなくてもトコトンいきますよ」

「いいぞ、いいぞ。それでこそアメリカン・フットボール部のキャプテンだ。じゃ、タクシー拾え。つぎはガラッと河岸《かし》を変えて横浜《よこはま》だ」

「横浜？　新宿《しんじゅく》から横浜までタクシーで行くんですか」

「おう」

げっぷともしゃっくりともつかない音を喉から漏らしながら、塩崎は腹を叩いて答えた。

「でも、もったいないじゃないですか。まだ電車がありますよ」

勝沼は心配になった。

「やだねー、学生はセコくて。おまえ、社会人になってだぞ、電車に乗って飲み屋のハシゴするなんて、そんな情けないことできるか」

「はあ」

「いいから、早くタクシーを拾え。どうせそれも経費で落とすんだからいいんだ」

「景気いいなあ、先輩」

勝沼は感心したように首を振った。

「いずみさんとの結婚も近いし、なんかノリまくってる、っていう感じですね」

「こら、からかうんじゃない」

勝沼の頭をこづきながら、塩崎はまんざらでもない顔だった。

彼は、大学時代にアメリカン・フットボール部のチアガールをつとめていた、笹井《ささい》いずみという三年後輩の子と、この秋に結婚することになっていた。現在は自動車会社のショウルームでコンパニオンをやっている、極めつけの美人である。

先日、会社の仲間たちへのお披露目《ひろめ》をかねて婚約パーティを開いたのだが、出席した男たちは、いずみの美しさに嫉妬と羨望のかたまりになっていた。

塩崎は有頂天だった。

これからはじまるいずみとの新婚生活を思うと、興奮で体のあちこちがゾクゾクする。もちろん、妻となる彼女には、できるかぎりの贅沢《ぜいたく》をさせてやりたい。だから、会社の経費を『活用』して貯蓄に励むのだ、というのが、不正行為をなんとか正当化しようという塩崎の自己弁護の論法であった。

2

翌朝、二日酔いぎみの頭を叩きながら塩崎が出社したのは、八時十分前だった。

営業マンたるもの、前の日に遅くまで飲んでいればいるほど、翌日は早く出てくるものだ――これが、初狩電器営業部の不文律であったが、塩崎は感心にも、その点だけは守っていた。

「くそー、ゆうべはよく飲んだな。さすがに現役の学生は強いや」

営業部のフロアには、まだ誰も出てきていない。塩崎の独り言だけが、やけに大きく響いた。

彼は給湯室に入って苦めのインスタントコーヒーを作り、紙コップを持ってデスクに戻ってきた。

「それにしても、調子にのってだいぶ散財したな、きのうは」

コーヒーを一口飲むと、財布から数枚の領収書を抜き取って、机の上に並べた。

「居酒屋『いなか』か。とりあえず片方はおととい付けで使うとするか」

日付けを空欄にしてもらっておいた二枚の領収書のうち、その一枚に、金額の数字と似たインクのボールペンで、おとといの日にちを書き入れる。

こうした小細工のために、塩崎はデスクの引き出しに、黒の水性サインペンやボールペンだけでも十種類は揃《そろ》えていた。

「つぎの領収書は……と。あ、まずいよなー、この伊勢佐木町《いせざきちょう》のクラブは。『ぷりぷりクラブ』ってハンコはないだろう、『ぷりぷりクラブ』は」

この手の店では、客が経費で落としやすいよう、○○興業など、領収書の発行元をもっともらしい会社名にしておくのがふつうである。

それなのに、モロに『ぷりぷりクラブ』ときた。それも金額が安ければまだしも、七万二千円也《なり》の会計である。

これでは得意先幹部の接待に使ったとも説明しにくいし、課長段階でチェックが入るのはみえている。

「だから、いいかげん酔っ払った状態で初めての店に行くのは危ないんだよな」

塩崎はため息をついた。

これが使えないとなると、タクシーの空領収書などで補塡を考えなければならない。

しかし最近では、多くのタクシーがボタンひとつで領収書が出てくる機械を採用しているから、昔のように白紙の領収書を何枚もまとめてもらっておくことができなくなっていた。

タクシー利用の多い営業マンの貴重な収入源が、またひとつ減ったということだ。

仕方なく塩崎は、以前からストックしておいた寿司屋《すしや》の空領収書を、机の引き出しから取り出した。

それに、巧みに変えた筆跡で『9月4日』と一昨日の日付けを記し、金額欄に一万九千円と書き込む。

これで、少しはクラブに支払った分を取り戻すことができる。

その代わり、一万円以上の領収書については稟議書《りんぎしょ》を書かなければならなかった。

誰と何のために飲み食いをしたのかという説明を書き添え、それに対して何人もの上司がハンコを押すシステムだ。

塩崎は、いろいろな仕事相手の顔を思い浮かべたすえに、取引先の社長である大槻政《おおつきせい》一《いち》の名前を使うことにした。

家電製品の量販店を経営する二代目社長で、年齢も塩崎とたいして変わらないはずなのだが、経済的余裕からくる風格のようなものがあった。

しかも、なかなかいい男だ。

よく初狩電器にも顔を見せるのだが、そのたびに女子社員の注目を引いていたのは事実である。

同世代の塩崎は、自分と比較してなんとなくコンプレックスを持っていたのだが、その代わり領収書には架空の接待相手として、ひんぱんに登場してもらっていた。

大槻はお得意さんだから、彼とだったら寿司屋でこの程度の金額を飲み食いしても、上は何も言わないだろうというヨミが塩崎にはあった。

(どうせ稟議書を書くんだったら、一万九千円なんて控えめな数字にせず、思いきって二万いくらの領収書にしちゃえばよかったかな)

自分の書いた金額をじっと見つめながら、塩崎はそんなことも考えた。

『1』という数字を『4』や『7』、あるいは『9』に書き換えることくらいなら誰でもやれることだが、彼の場合はもっと上級コースのテクニックを磨いていた。

ちょっと見にはわからないように、『1』を『2』に、『2』を『3』に、『6』を『8』に、改竄《かいざん》する技術である。

一万円を四万円や七万円に変更するのは、その差が大きすぎて怪しまれる危険もあるが、二万円に変えるならあまり疑惑も呼ばないだろう、という発想だ。

もちろんそのためには、元の数字も自分自身で書いておかなければならない。あとから、改竄しやすいような書き方をするわけである。

たとえば、『2』は『3』に変えやすいように、最後の部分をクルクルッと丸めておく。『6』を『8』に変える可能性を残しておくためには、数字全体をやや斜めに倒し、『8』の一部分を消したような『6』にしておく。

空領収書に数字を書き込むときでも、このような点に気を配っておけば、あとからもう少し金額を増やしておく気になったときに都合がいいのだ。

さらに彼は、領収書作成用におよそ七種類の筆跡を持っていた。

神経質そうな極端な右上がり。

ちょっと頭の軽そうな女子大生風マル字。

教養に欠ける人間が書きそうな、バランスの乱れた字。

変わったところでは、海外出張用に開発した、欧米人が書く数字——などなど。

まったく御苦労な研究ではあるが、なんでもかんでも経費で落とす主義の塩崎にとっては、これも必要不可欠な努力なのだ。

また、実際の塩崎の字は、小さいころ習字を習っていただけあってかなり達筆だったが、たとえ筆跡を変えても、きれいな字は使わないようにしていた。

達筆すぎる字は領収書にしたとき違和感があって、目立ってしまうのだ。

それから、領収書を書くのに青いボールペンを使う人間は、なぜか雑な字であることが多い、という細かいデータも把握していた。

そうしたことを考えながら領収書の出来ばえを眺めていると、突然、後ろから女の子の声がした。

「塩崎さん」

3

領収書に気をとられていた塩崎はびっくりして机の上で手をバタバタさせた。

振り返ると、経理の岡谷愛子《おかやあいこ》が立っていた。

塩崎より二つ年下だが、高卒のため、キャリアは彼よりも二年上になる。

「びっくりしたなー、おどかすなよ、もう。おれは心臓が悪いんだからさ」

とってつけた笑顔を浮かべながら、塩崎は椅子を半回転させて愛子に向き直った。

そして、なんとか彼女の視線を他《ほか》へはずさせようと、ぎこちない動作で立ち上がり、意味もなく髪の毛を撫《な》でつけたりした。

「どうした、ずいぶん早い出勤じゃないか」

「そう。だってふつうの時間に出てきたんじゃ、塩崎さんは、もう外回りに出かけちゃって会えないから」

そう答えながら、愛子は爪先立ちをして、塩崎の体ごしにチラッと机の上に目を走らせた。

そして、カクンという感じで、またフロアに足の裏をつける。

「立て替えの精算やってるの？」

「あ、うん、まあな」

早口で答えると、塩崎は彼女の視線をブロックするように、立っている位置を変えた。

この愛子という経理の子は、名前ほどではないが、まあまあ可愛い顔をしている。しかし、どこか油断のならないところがあった。

特に、経理では、塩崎が精算に回した領収書などをチェックするのも彼女の役目だったから、変なところは見られたくなかった。いわば愛子は、塩崎にとって税務署員のような存在なのである。

「で、なんだよ、おれに用事って」

「うん、ちょっとね」

愛子は思わせぶりにいって、塩崎の顔を上目づかいに見た。

「塩崎さんの奥さんになる人って、すごくきれいな方なんですってね。女子社員の間でもすごい評判」

「そんなことは……」

ないよ、と言いかけて、塩崎は言葉を呑《の》み込んだ。

いまは、たとえ謙遜であっても、いずみの美しさを否定する言葉は吐けない。心底惚《ほ》れているのだ。

「結婚式、十月なんでしょ」

「うん」

「もうすぐなのね」

「あと一カ月とちょっとかな」

答えながら、塩崎は愛子の意図をつかめずにいた。

「あーあ、それじゃやっぱり手遅れだったかなー」

愛子は両手を後ろに組んで、スケートでも滑るような格好で体を揺らした。

「手遅れ？」

「うん」

「なんだ、手遅れって」

「私は、ほんとは塩崎さんのこと、ずっと好きだったの」

「うそだろ」

「ほんと」

塩崎の語尾にぶつけるようにして、愛子はいった。

二人は見つめ合った。

そして、塩崎は意味もなく笑った。

不安を抱えた笑いだった。

「お願いです」

愛子は一歩前に進み出た。

「結婚する前に、一度でいいから」

「ちょっ、ちょっと待ってくれ」

こんどは塩崎のほうが、相手の言葉にかぶせていった。

「たのむよ、朝っぱらから唐突に……。まだみんなが来ていないからいいけど、誰かに聞かれたら誤解されるじゃないか」

「私はいいの、誤解されても」

笑い飛ばそうとする塩崎に対して、愛子の目は真剣そのものだった。

「笹井いずみさんという人と結婚する前に、一度でいいから私のことを……」

さらに愛子は塩崎に詰め寄った。

「私のことを抱いてください」


「抱く？」

だいぶ間があってから、塩崎は聞き返した。

「はい」

「抱くって、まさか……」

「その『まさか』です」

塩崎は自分の耳を疑った。

彼は決してモテないほうではなかった。いままでにも女性の側から言い寄られたことは何度かあった。

しかし、テレビドラマではあるまいし、抱いてくださいなどというセリフは、あまりにも現実ばなれした響きがあった。

「きょうはエイプリルフールじゃないよな。九月六日だもんな」

塩崎はまた笑顔を浮かべた。

だが、愛子は笑わない。

どうも冗談ではなさそうだ。

これが塩崎に恋人のひとりもいない状況だったら、据え膳くわぬは——とばかりに、すぐさま誘いにのっただろう。

だが、いまの彼には笹井いずみという、これ以上考えられない理想的なフィアンセがいた。

そんなときに、つまみ食いをしてすべてを棒に振るほど塩崎は愚かではなかったし、女性に飢えてもいなかった。

「だめ？」

愛子はきいた。

「あたりまえだよ。どうかしてるんじゃないのか」

「そう……じゃ、経理課長にいっちゃおうかな」

「何を」

「領収書のこと」

血の気が引くとは、まさにこのことだった。

顔色がサッと変わるのが、塩崎は自分でもよくわかった。

「領収書……って？」

「ぜんぶ知ってるの、私」

愛子は、塩崎の反応を楽しむように唇をとがらせた。

「ずっと経理をやっていれば、領収書一枚見ただけで、誰がどんなウソをついているか、一発でわかっちゃうんだなー」

やっぱりこの子は社内税務署だ、と塩崎は自分のガードの甘さに内心舌打ちした。

「でも、わかってて見逃してあげるのが、経理課員の情ってものなのよ。営業の人が汗水たらして働いてくれているから、私たちもいいお給料をもらえているんだな、って」

「……………」

「だけど、塩崎さんのやってることは、限度を越えている」

愛子は大きな声になった。

「課長も私の仕事ぶりを信頼してくれているから、私が判を押したものについては、そんなに突っ込んだチェックもせずに通してくれてるけど、そうじゃなかったら、塩崎さんの精算伝票なんて、とっくに大問題になっているわよ。そして……」

愛子は思わせぶりに天井を見た。

「よくて社内の懲罰委員会にかけられて懲戒免職、へたをすれば業務上横領で会社に訴えられるかもね。でも、そうなったとしても、文句はいえないんじゃないかな」

「い、いったい、何がいいたいんだよ」

塩崎は焦りと不安で舌をもつれさせながらきいた。

「さあね」

愛子はとぼける。

「いいか、アッコ」

塩崎は彼女の呼び名を口にした。

「営業マンていうのはな、仕事をとってくるために自腹を切ることは、いくらだってあるんだよ。領収書を出せないような接待場所へ行くことだってあるし、その場の雰囲気を壊さないように、取引相手の目の前でいちいち領収書を請求できない場合もある。そうした目に見えない立て替え金を返してもらうために、仕方なく……」

「いいえ」

愛子はゆっくりと首を振った。

「どんなに弁解しても、やりすぎはやりすぎなの」

塩崎は黙った。


やりすぎ――

たしかにそのとおりだ。言われなくても、それは彼自身、気になっていたことだ。いままでに塩崎が領収書の操作でごまかしてきた金額は、通算すれば百万円は下らないだろう。

彼は、こめかみから流れ落ちてきた汗を指先で拭いながらたずねた。

「で、おれにどうしろというんだ」

「ですから塩崎さんが結婚なさる前に、一度だけ抱いていただきたいんです」

「急に敬語になるなよ」

「真剣なんです、私」

愛子は口元を引き締めた。

「叶《かな》えてくださらないと、私、困ります」

「いやがらせか、それは。それともゆすりか」

「一晩だけ私の塩崎さんでいてくれたら、もう何もいいません」

「一晩でも困るね、そんなことは」

「お願いです」

「いいかげんにしろ」

塩崎は机を叩いた。

「おれはね、こんな悪い冗談に付き合ってるヒマはないんだよ」

「いずみさんに知られてもいいんですか」

「なに？」

「いずみさんに知られてもいいんですか」

愛子は繰り返した。

「私、いっちゃいます。塩崎さんて、会社のお金をいっぱいごまかしてる人なんですよ、って。そしたら、なんて思うだろうな、いずみさん」

「おまえ……」

塩崎は愕然《がくぜん》として相手の顔を見た。

「おまえなあ」

愛子の肩をつかみ、揺さぶりかけてから、塩崎はすぐにその手を引っ込めた。

エレベーターホールのほうから、出勤してきた社員の話し声が聞こえてきたのだ。

4

それからおよそ十日後、塩崎は約束どおり愛子を抱いていた。

ただし、生きている体ではなく、死体である。

ベッドサイドの時計を見ると、午前一時を回ったところだった。

照度を落としたスタンドの光が、愛子の裸身をオレンジ色に染めていた。眠っているように穏やかな顔である。

しかし、胸に手を当てても鼓動はしない。口元に耳を近づけても息は聞こえない。そして、なによりも惨《むご》たらしい証拠が首に残っていた。

バスローブの紐《ひも》が、からまったままなのだ。

塩崎は四つんばいになりながらベッドから這《は》い出し、ともかく服を身につけることにした。

だが、シャツのボタンをはめようとする指が激しく震える。

(人を殺したのだ。おれは……人を……殺したのだ)

フィアンセである笹井いずみの可愛い顔が、彼の脳裏をよぎった。

この手につかんだ夢のような幸福が、スルッと抜けていき、文字どおり夢だけに終わってしまう――そんな脱力感に襲われた。

正確にいうと一昨日の夜遅く、塩崎は愛子にいわれるまま、彼女のマンションへ車で迎えに行った。

そして、そのまま夜を徹して箱根《はこね》に向かった。

ちょうど敬老の日の前日でもあり、また時間も遅かったので、普通の宿はどこも断られ、辛うじて空いていた街道沿いのモーテルで一夜を過ごした。

自己嫌悪に満ちた夜だった。

翌朝は、強羅《ごうら》方面へ車を走らせたが、祝日の箱根は渋滞につぐ渋滞だった。

そこで愛子の提案で、車を彫刻の森美術館の駐車場に入れ、そこから強羅駅まで歩き、さらにケーブルカーとロープウェイを乗り継いで、芦ノ湖《あしのこ》へと向かうことにした。

そうしたコースは、すべて岡谷愛子の指定である。

とにかく弱みをつかまれた塩崎は、彼女のいうなりになるよりなかった。

一夜明けると、愛子はまるで塩崎のフィアンセのようにふるまった。

腕をからめ、頭を肩にもたせかけ、人前でもかまわずキスを求めてきた。

観光客でいっぱいのケーブルカーやロープウェイの中でも、それをするものだから、人目を引かないはずがなかった。

硫黄の蒸気が吹き出す大涌谷《おおわくだに》の景色を眺めるよりも、塩崎と愛子のほうに乗客たちの視線は集中していた。

誰か知り合いに見られているのではないか、急に声をかけられるのではないかと、乗り物に乗っている間じゅう、塩崎は冷や汗が流れっぱなしだった。こんなことならサングラスをかけてくるんだった、と彼はひどく後悔した。

ロープウェイの終点である桃源台《とうげんだい》に着くと、こんどは芦ノ湖の遊覧船。それに乗り終わると、つぎは湖畔を散策。それからプリンスホテルのティールーム、といったふうに、愛子は塩崎との恋人ゲームに浸りきっていた。

そしてついには、もう一晩箱根に泊まりたいと言い出した。

「だけど明日は会社があるんだぞ」

「だいじょうぶよ、ここを朝早く出ればじゅうぶん間に合うから」

「しかし、きみは一晩だけと……」

「バラしてもいいのかな？　領収書のこと」

二言目には領収書の一件を持ち出されるので、けっきょく塩崎は、ここでも愛子のリクエストに応じざるをえなかった。

湖尻《こじり》の高台にあるこぢんまりとしたリゾートホテルに宿をとると、二人はまたロープウェイとケーブルカーを乗り継いで彫刻の森まで戻り、車を取ってホテルまで帰るという二度手間を踏んだ。

ホテルでは夕食もそこそこに、愛子は激しく塩崎を求めてきた。

何かに脅《おび》え、それを忘れたいがための激情のようにも感じられたが、塩崎のほうは、そうした愛子を抱きながらも目はうつろだった。

破滅への泥沼にずぶずぶと浸《つ》かっていく自分の姿が、自分自身で見えていたからだ。

これじゃいかん、なんとかしなくては、と彼はあせりはじめた。

が、愛子は快感の余韻に浸りながら、塩崎の腕を枕にしてこういった。

「このまま……結婚したいな」

その一言が、塩崎の理性をプツンと断ち切った。

岡谷愛子の人生が終わったのは、それからわずか五分後のことである。

5

塩崎は服を身につけた。

愛子も服を身につけていた。

いまや、窮地を脱するには一世一代の大芝居を打つしかなかった。

それも、愛子に死後硬直が訪れる前にやらなければならない。

まず塩崎はフロントに行き、連れの気が変わったので急に帰ることにしたと手短に話し、宿泊料金を支払った。

二人とも偽名で宿泊していたから、その点は心配がなかった。

そして荷物を先に車に積み、それから部屋にとって返して、洋服を着せた愛子の死体を引き起こした。

ちょうど酔っ払った人間に肩を貸すような格好で、塩崎は愛子の死体をかついだ。このままフロントの前を突破するつもりだ。

愛子の表情を見られないように、彼女の髪の毛を額の前にバラリと垂らす。

こういうときに長い髪の毛は都合がよかった。それにフロント周辺は、深夜とあってぐんと照明を落としている。

「あ、お客様、お手伝いしましょうか」

案の定、ナイトシフトのフロント係が駆け寄ってきた。

しかし塩崎は、あらかじめ考えておいたセリフを落ち着いて言った。

「彼女はぼくひとりで運べるから、車のドアを開けといてもらえませんか。後部座席のほうを」

「かしこまりました」

フロント係は預かっていたキーを握りしめ、玄関を出てすぐの駐車場へ小走りに走っていった。

塩崎はその後ろ姿を見つめながら、ゆっくりと愛子を引きずって歩いた。

死体になった愛子は、びっくりするほど重かった。

ちょっと歩くとすぐにバランスが崩れて、ダランと腕が垂れ下がる。あるいは膝が床につく。

糸の切れた操り人形を、まだ操れるように見せかけるのは至難の業だった。

塩崎は、自分の肩に回した愛子の右腕を片手で握ると同時に、もう一方の手でワンピースのベルトをしっかりつかんだ。

しかし、重みがかかりすぎて、薄手の布地でできたワンピースのベルト通しが、プチンプチンと続けざまにはじけ飛んだ。

そして、またも愛子の体がグラリと傾く。

車のところにたどり着くまでに、塩崎は汗びっしょりになっていた。

フロント係は、塩崎の車のドアを開けて待っていた。

「どうもありがとう。いやあ、こんなに酔っ払われるとは思わなかったもんで……いろいろあって、けっきょく彼女の家に送り返さなくちゃならなくてね」

愛子を後部座席に押し込みながら、塩崎はバツの悪そうな笑いを浮かべて弁解をいった。

フロント係は、それを無表情に聞いている。

きっと彼の目には、女を引っかけ損なったただらしない男というふうに映っているだろう。また、そう見えてくれなくては困るのだ。

塩崎が運転席につくと、フロント係は慇懃《いんぎん》すぎる一礼をして建物に戻った。

塩崎はホッとしてエンジンをかけた。

とりあえず、死体の運び出しには成功した。あとはどこに捨てるかだ。

芦ノ湖に沈めるか、箱根の山奥に埋めるか。それとも、まったく無関係な場所まで運んでしまうか。

そんなことを考えていると、フロント係がふたたびかけ戻ってきた。

塩崎はギクッとし、あわててセレクターをドライブに入れ、車を急発進させた。

「お客さま」

フロント係は、紙切れをヒラヒラさせながら追いかけてきた。

「これを……領収書をお忘れでございます」

「いらないよ」

塩崎は窓を閉めたまま怒鳴った。

「領収書なんていらない」

6

塩崎にとって、三週間は何事もなく過ぎた。

たしかに会社では、岡谷愛子の無断欠勤が話題にはなっていた。

経理部の上司が彼女のマンションにまで出向き、管理人に合鍵で部屋を開けてもらっているが、もちろん本人の姿はなかった。

親元のほうにも顔を見せていないということで、失踪三日目に警察に捜索願が出された。

社内でもいろいろな詮索がなされていた。

しかし、岡谷愛子と塩崎守とを結びつけて考える者は誰ひとりとしていなかった。

塩崎は箱根から戻って以降、きっぱりと領収書の操作をやめた。

プライベートで飲みにいっても、その勘定を経費で落とそうとは決して思わなかった。

未精算の伝票が引き出しに山と残っていたが、彼はそれをすべて破り捨てた。

二十数万円の損になるが、そんなことは問題ではなかった。ひたすら品行方正にして、時が過ぎ去るのを待たなければならないのだ。

あとは岡谷愛子の死体が発見されるか否か、である。


あの晩、ホテルを出てすぐに、塩崎は激しい恐怖に襲われた。

自分が絞め殺した女性の死体を乗せたまま、深夜の山道を走ることが、どれほど恐ろしいものか――

運転しながら、塩崎はバックミラーを一度ものぞけなかった。

ミラーを見ると、殺されたはずの愛子が後部座席でニッコリと笑っている――そんな不気味な空想がやたらと頭を駆け巡る。

とうとう彼はたまらず、箱根関所跡に近い杉並木の奥に、死体を投げ捨てようとした。

しかし、その場所ではあまりにも近すぎた。

箱根で死体が発見されれば、ホテルのフロント係は、深夜慌ただしくチェックアウトした二人連れの客のことを思い出すだろうし、ロビーの防犯カメラに愛子をかつぐ塩崎の姿が記録されている可能性もあった。

それに、ケーブルカーの中などでいちゃつく二人を覚えている観光客がいないともかぎらない。

塩崎は勇気をふるい起こし、愛子の死体をもっと遠くへ運ぶことにした。

そこで彼は、箱根スカイラインを通って芦ノ湖の対岸を北上し、御殿場《ごてんば》から富士山麓《ふじさんろく》をかすめて山中湖《やまなかこ》まで来た。

湖に沈んでいく愛子を、塩崎は最後まで見ていられなかった。

ワンピースの中に石を詰め込んだ程度では、いずれ何かのきっかけで死体は浮上してくるだろう。そんなことは承知していたが、そのときの塩崎にとっては、それが精いっぱいの処置だった。

夜明けの高速道路を東京に向かって走りながら、塩崎はこの二日間の出来事を記憶から抹消しようと、つとめて何も考えないことにした。

おかげで彼は、愛子が唐突に愛情を打ち明けてきた不自然さを振り返ることもなかった。

そうこうするうちに三週間が過ぎ、塩崎もだいぶ楽観的になってきた。

仮に愛子の死体が山中湖から引き上げられたとしても、水中に浸かったままこれだけ時間が経《た》てば、正確な死亡日を特定することは相当難しいだろう。

いざというときに、塩崎がアリバイを主張しやすくなったのは事実だ。

それに、彼が九月の十四日深夜から十六日未明にかけて箱根に行ったという証拠は、もはや何も残っていない。

高速道路の通行券やロープウェイなどの切符もすべて処分したし、芦ノ湖で買った使い捨てカメラも、現像に出さずに燃やしてしまった。

万が一、会社関係の人間に二人でいるところを目撃されていたら、とっくにそのことが話題になっているはずだが、そんな気配もない。

「おれはだいじょうぶだ」

塩崎は声を出して自分に言い聞かせた。

そしてカレンダーを見た。

笹井いずみとの挙式の日が、目の前に迫っていた。

7

「塩崎君、ちょっと」

上司である営業部長の小淵《おぶち》に呼ばれたときも、塩崎は、てっきり結婚式のことだろうと思っていた。

部長夫妻には仲人を依頼していたのである。

「ここじゃ何だから、ちょっと空いている会議室へ行こうか」

小声でそう囁《ささや》かれても、まだ塩崎は事件のことだとは思わなかった。

結婚式の打ち合わせを勤務時間中に、しかも会議室を使ってするのも変だったから、あるいは人事異動の内示でも言い渡されるのかとも考えた。

まあそれならそれで、どこの部署へ行かされようと歓迎だ。

愛子を殺したことがバレさえしなければ、そして、笹井いずみを晴れて妻にすることができるのなら、遠方への転勤だろうが、左遷だろうが何でもこいという気分だった。

「この領収書なんだが……」

いきなりそう切り出されて、塩崎の心臓が縮んだ。

テーブルの上に置かれたのは、寿司屋の領収書だった。

日付けも金額も入れずに白紙でもらっておいたものに、一万九千円也の金額を書き込んだ分である。

後輩の勝沼を連れていった伊勢佐木町『ぷりぷりクラブ』の七万いくらの領収書が落とせなくて、なんとかその分を補填しようと作り上げた捏造品《ねつぞうひん》だ。

「きみ、この領収書に添えた稟議書の記載事項にまちがいはないね」

小淵部長は、メガネの奥から塩崎をジロッと見た。

「はあ」

たよりない返事をしながら、塩崎は掌《てのひら》が冷たくなってくるのを感じた。

（不正がバレたのだろうか）

（会合相手として名前を借りた大槻に、直接ウラをとったのか）

（まさか、この程度の金額で、いちいちそんなことまでするはずがない）

いろいろな考えが交錯した。

「ここに書いてあるように、夜の七時から九時まで、新宿の寿司屋で大槻ストアの大槻社長と会っていたのはまちがいないんだな」

小淵は念を押した。

こうなったら、何があっても白を切り通すしかない。

「はい、そのとおりです」

塩崎は腹を決めて、そう返事をした。

「そうなのか……」

小淵は困ったような、戸惑ったようなため息をついた。

出世が遅かった分だけ温厚な部長だ。その部長が、なんとも複雑な表情をしている。

「どうかしたんですか」

塩崎はおそるおそるたずねた。

「きみも知らなかったのか」

「は？」

「大槻社長はね、殺されたんだよ」

「殺された！」

塩崎はおもわず大声を出した。

「ああ、杉並《すぎなみ》にある一人住まいのマンションで」

「いつですか」

「この日だよ」

小淵は、塩崎が偽造した領収書を指ではじいた。

「殺されたのは、きみが大槻社長を接待したその晩なんだ」

塩崎はめまいがした。

「死体の発見はつい昨日のことだが、殺されたのはこの日にまちがいないらしい。どうやって特定できたのかまでは警察はいわなかったが」

「警察……」

「さっきから総務部長のところに、刑事が二人来ているんだよ。殺された当日の、大槻氏の行動を徹底的に調べているらしい。なんでも、ウチの上得意であることもわかっているので、何か記録が残っていないかと、たずねてきたそうだ。それでこの領収書が問題になった」

「で、で、で、でも」

塩崎はどもった。

「ぼくと大槻さんとは、その後も会っていますよ」

「会っている？」

小淵は眉をひそめた。

「ええ、ほんとうです」

塩崎の記憶では、領収書の日付けは9月4日にしておいたはずだ。

だが、たしかに大槻とは、その後、六本木《ろっぽんぎ》のバーでバッタリ顔を合わせていた。

「会ったって、それはいつのことだね」

「たしか、九月十日ごろだったと……」

「十日だったら、この領収書よりも前の日付けじゃないか」

「前？」

「そうだよ」

塩崎は、あらためて領収書の日付けを見た。

なんと、『9月14日』になっていた。

そんなはずはない。

塩崎は何度もその数字を見直した。

そもそも、この領収書をでっちあげたのは、愛子が唐突に抱いてくださいと迫ってきた日だ。

つまり、後輩の勝沼と飲んだ翌朝――九月六日のことだった。

九月六日に精算する伝票に、それより先の十四日の日付けを入れるわけがないし、もしそんな凡ミスを犯していれば、とっくに伝票チェックで咎《とが》められていなければおかしい。

「塩崎君」

小淵は、低い声を一段と低くした。

「この九月十四日という日が、いったいどういう日か覚えているかね」

「十四日、ですか……さあ」

「失踪した経理の岡谷愛子が、最後に会社に出てきた日だよ」

8

愛子の名前が出てきて、塩崎は危うく叫び声をあげるところだった。

「ここだけの話だから口外するな」

小淵は顔を寄せた。

「じつは、いま役員たちは大騒ぎになっている。岡谷の使い込みが発覚したんだ」

「使い込み……」

「相当な金額、とだけいっておこう。彼女はそれを大槻社長へ横流しをしていた」

「………」

次々と明らかにされる事実に、塩崎は言葉を失っていた。

「大槻社長に利用されたのか、それともその逆か。いずれにしても、男女の関係があってこその不祥事だ。そういえば、あの男はしきりにウチに出入りしていたからな」

「信じられない……」

「誰だって『信じられない』と言いたいよ。しかし、警察はれっきとした証拠をつかんでいるというし、経理で調べはじめたら、それこそ信じたくない事実がゾロゾロ出てきた。こりゃ、何人ものクビが飛ぶな。会社創業以来の大スキャンダルだ」

小淵は渋面を作った。

「じゃあ、大槻さんは……」

「岡谷愛子に殺された可能性が高いということだ」

塩崎は頭を殴られたようなショックを受けた。

「きっと、現場に物的証拠が残っていたんだろう。刑事たちは確信に満ちた言い方をしたそうだ」

「で、彼女の行方は？」

「当局は、逃走と自殺の両方の可能性を考えているらしい」

そう言ってから、小淵はテーブルの上の領収書に目を移した。

「なぜこの領収書が大問題になっているかというとだな、ひとつは大槻社長が殺害された夜に、きみがいっしょにメシを食っていることになっている点。そしてもうひとつは、これが岡谷愛子のデスクの引き出しから見つかった点なんだ」

「は……」

小淵部長は顔面蒼白《そうはく》になっている塩崎に、不思議だろう、と同意を求めた。

「いいか、九月十四日付けの会合費の伝票がだ、その日を最後に姿を消してしまった彼女の引き出しになぜ入っているんだ。きみが大槻氏とメシを食ったのが夜の七時から九時というなら、その精算はどんなに早くても、敬老の日をはさんだ翌々日になるだろう。実際、精算日の欄には九月十六日と記してある。ところがこの稟議書には、失踪した岡谷の判がちゃんと押してある。ちなみに私の判もだがね」

「ですから、それは」

カラカラになった喉を引きつらせながら、塩崎はいった。

「彼女が、ぼくの領収書を改竄したからです」

「改竄？」

「それは、もともと九月四日付けの領収書だったんです。精算日は九月六日でした。その日にちの『4』とか『6』の脇に、後から『1』を書き加えて、十四日付けの領収書を十六日に精算したように見せかけたんです。きっとそうです。ボ、ボ、ボールペンのインクを分析してもらえば、わ、わか、わかるはずです」

「なるほど」

いったん小淵はうなずいた。

が、またすぐに問いかけた。

「しかし、なぜだね。なぜ彼女はそんなことをする必要があった」

「たぶん……」

塩崎は懸命に頭を働かせた。

「アリバイ工作のためだと思います。大槻社長の生きていた時間をずらすために」

「だが、きみが証言すれば、こんなものは嘘《うそ》だと一発でわかるじゃないか」

「まあ……そうですが」

口ではそう答えながら、塩崎はすでに愛子の企《たくら》みが読めていた。

愛子は、犯罪の片棒を塩崎にかつがせたかったに違いない。

領収書の改竄をネタに脅せば、塩崎はどこまでもいうことを聞かざるをえない。はじめは体の関係を結んで、まず泥沼に一歩踏み入れさせ、その後でおそらく大槻の死体処理などを手伝わせるつもりだったのだ。

これは計画的犯罪だ。

愛子は職務上、塩崎の領収書操作の実態に気がついていたが、彼女は彼女で経理課員という立場を利用して、大槻に会社の金を横流ししていた。

欲得ずくの恋愛関係だったのだろう。やがて二人の間に何かのトラブルが起こり、窮地に追い込まれた彼女は大槻を殺さざるをえなくなる。

そこへ、ちょうど塩崎が九月四日に大槻と会合していたというニセ領収書を精算に回してきた。頭のいい愛子は、これを利用して塩崎に共犯の立場を押しつけられると考えた。

そして実行の日を九月十四日に定め、大槻を殺した上で、アリバイ工作のために塩崎と箱根へ出かけたのだ。

おおよそ事実はこんなところだろう、と塩崎は推測した。

まったく巧みな罠《わな》である。

日付けを入れずにもらった領収書を、まず塩崎が九月四日のものだと嘘をつき、それを見た愛子が今度は九月十四日付けに二重改竄する。

ところが塩崎には、これまでに何度も大槻の名前を利用して架空の接待領収書を提出していたという『実績』があった。

怪しまれるのは、まず塩崎である。

だからといって、彼が身の潔白を立てようとすれば、美しい婚約者を裏切った事実を明らかにしなければならない。

そうなれば、もちろん結婚はご破算だ。

愛子は、塩崎がこうしたジレンマに陥ることを見越した上で、死なばもろとものもの、とんでもない計略に巻き込んだのだ。


「すると、きみが大槻社長に会ったのは……」

小淵の声で、塩崎は我に返った。

「九月十四日ではなく、九月四日なんだな。それがほんとうなんだな」

「は、はい」

あわてて塩崎は首を振った。

「もちろんです。その伝票に、岡谷愛子があとから『1』という数字を書き加えたんです」

「じゃあ、そのことを刑事の前で証言してくれないかね」

「刑事……に？」

「そうだよ。彼らはきみの話を聞きたいと言っているんだ。いいね」

「ええ」

塩崎は、うつむき加減になった。

その様子を小淵がじっと見ているのが、雰囲気でわかった。

「なあ、塩崎」

急に小淵の口調が優しくなったので、塩崎はサッと目を上げた。

「笹井いずみ君との結婚だが、いまからでも遅くはないぞ」

小淵の目は哀れみをたたえていた。

「それ……どういうことですか」

「結婚式をやめる必要があるのなら、いくら日にちが迫っていても遅すぎるということはない。後始末は仲人の私が責任を持つ」

「な、なにをおっしゃるんですか、部長」

塩崎は声を裏返して言った。

「もう挙式は来週ですよ」

「いずみ君をほんとうに愛しているのなら、彼女を巻き込まないことだ」

小淵は静かにいった。

「この領収書だが、たしかに日付けも金額も同じ人間が書いたものだろう。筆跡がいっしょだからな。つまり、寿司屋の店員が書いたわけだ」

「……ええ」

「そのあとに、誰か別の人間が――つまり、きみの意見によれば岡谷愛子が、『9月4日』の『4』という字の横に一本縦線を引いて、『14』に改竄した。たしかに、『1』という数字ひとつだけでは、筆跡が誰のものか鑑定のしようがない。だがな、塩崎」

小淵は大きなため息をついた。

「あとから加えられた『1』も、それ以前に書き込まれた数字も両方とも同じ種類のボールペンで書かれているんだ。これはどういうことだろうか」

「同じ種類のボールペン？」

「そうだよ。インクの質がまったく同じなんだ。同一のボールペンではないが、同種のボールペンということだ。だから、もしも『1』を書き加えたのが岡谷ならば、元の数字を書いたのは寿司屋の店員ではないということになる。たまたまその寿司屋でも同じメーカーのものを使っていた、というのは出来すぎだからね。しかし一方で、きみはこれが寿司屋で発行された正しい領収書だと主張する。とすると、『1』の字を書き加えたのは、いったい誰なんだろう」

「そんな、刑事みたいに理詰めで責めないでくださいよ、部長」

塩崎はさえぎった。

「やっぱり、これは単なる偶然ですよ。寿司屋に置いているボールペンと岡谷くんの書き込んだボールペンが、偶然同じ種類だったんです」

「いや、これは明らかに、我が社の総務部から備品として支給されている、会社のネーム入りのボールペンで書かれている。正しくは、金属チップ水性ボールペンというんだがね。つい最近、新製品に切り換えたばかりのものだ。それと同じものが寿司屋にもあったというのは……」

「考えすぎですよ、部長。黒のボールペンなんて、いろんなメーカーから、山ほど種類が出ているんです。警察が正式に鑑定したのならともかく、見た目だけで同じだと決めつけるなんて……」

「塩崎君」

小淵は悲しそうに首を振った。

「きみは仲人であるぼくの経歴を忘れたのかね」

「は？」

「営業部長になる前、ぼくは経理課長だったんだよ。それも七年間もね」

どうだ、メシでも食わんか

1

「どうだ中里《なかざと》、いちどゆっくりメシでも食わんか」

総務部長の高田《たかだ》からそう声をかけられた瞬間、中里晶一《しょういち》の全身から血の気が引いた。

「はい、ぜひ」

引きつった作り笑いを浮かべてそう返事したものの、晶一は目の前が暗くなる思いだった。

「そうか、そのセリフがついにきたか」

晶一から話をきくと、経理部長代理という肩書の大宮五郎《おおみやごろう》は立ち上がってアゴをしゃくった。

二階のロビーに行こうという合図である。

二人でエレベーターに乗り込むと、五、六人先客がいた。

ジャラジャラとアクセサリーをつけ、派手な化粧をほどこした男たちである。テレビや雑誌でもすっかりおなじみとなった人気ロックグループのメンバーだ。

晶一が乗り込んできたのを見ると、「おはようっす」とか「オーッス」と、まるで寿《す》司《し》屋《や》のように威勢のいい挨拶が飛び交った。

「ショー、こんどのレコーディングは山中湖でやろうよ。せっかくウッディなスタジオがあるんだからさあ、活用しなくちゃバチが当たるでしょ」

頭を金髪に染めメイクをしたメンバー屈指の美青年がいう。

「いいね、いいね、その企画。とりあえずアタマ三日くらいはテニスとバーベキュー・パーティでパワーつけて。ね、ショーちゃん」

と、これは『タクシードライバー』のデ・ニーロ風にサングラスとモヒカン刈りでキメた男。

彼らはそんなに年の離れていない晶一を、『中里さん』ではなく、『ショー』とか『ショーちゃん』と呼んだ。

だが、連れの大宮のほうにはチラと目を走らせたきり挨拶もない。

「女も呼ぼう、女も。ショーちゃん、ナオン関係強いから」

「どうしたのよ。ウチのディレクター、きょうは元気ないじゃん」

「太陽が黄色く見えてんじゃないのー、コノー。腰がふらついてるよ」

「ああ……」

晶一はようやく力ない一声を返し、無理に笑った。

「おれ、二階で降りるから。じゃ、おつかれ」

ガアガアと喚《わめ》きたてるメンバーを適当にあしらって、晶一は大宮のあとについて出た。

「おれもおまえさんみたいな時代があった。売れっ子のアーティストばかり担当して、すっかり自分もできあがってたときがな」

廊下を歩きながらそう語る大宮の顔は、苦い笑いで歪《ゆが》んでいた。

「エレベーターに乗り合わせた歌手やプロダクションの人間なんかは、みんなおれに最敬礼したもんだ……まあ、そこに座れよ」

トライ・レコード二階の広々としたロビーには、他《ほか》に人影がなかった。

晶一は大宮の指した席に腰を下ろした。

「で、総務の高田がメシでも食おうだって？」

「はい」

部長代理という肩書ではあるが、大宮にとっては社内のほとんどの部長が年下だった。

「メシをおごられる心当たりは」

「ありませんよ。なんにも」

晶一は首を振った。

「おれに引導を渡しに来たときも、あいつは同じセリフを吐きやがった。あのときは高田は総務ではなく制作部長だったが、夕方突然やってきて、『大宮さん、どうですか、近いうちにいっぺんメシでも食いませんか』というんだ」

　大宮は、どこへ行くにも手放さない缶入りピースの新品を取り出した。

「この銀箔《ぎんぱく》の中ぶたをキューッと開けるのが楽しみでな……それで……」

　煙を吐きながら彼はつづけた。

「これまで一度だって御馳走《ごちそう》なんかしてくれなかった部長さんがだ、部下のおれと二人きりなのに新橋《しんばし》の小粋な日本料理屋に連れてってくれるじゃないか」

「新橋……」

　晶一はつぶやいた。

「その時点でおれはすっかり覚悟を決めたよ。こりゃ、人事異動だな。ディレクターをクビになる通告を受けるんだなって。わかるだろ、晶一。根回しってやつだ」

　暗い顔で晶一はうなずいた。

「売れっ子ディレクターをヘタに飛ばそうとすればタレント側とくっついて、歌手ごと他社への移籍をちらつかせながら抵抗する。おれたちの先輩が何人もそうやってゴネてきたから、会社のほうも作戦を練ってきた。内示前の打診で、いろいろ駆け引きをするわけだ」

「ぼくもゴネそうだから、とりあえずメシってわけですか」

「ああ。まったく管理職ってやつは、どいつもこいつもバカの一つ覚えみたいに、イヤな話を切り出すときにかぎって人に御馳走するんだ。悪い話が出るとわかっていながら飲むビールはマズいぞ、晶一」

「もう、ぼくの異動が決まったような言い方をしないでくださいよ」

「いや、決まってるね。そろそろ定期異動の時期だなとは思っていたんだ」

このシーズンになると、社内のあちこちで人事推測情報が飛び交う。中には誰がどこへ動くかでトトカルチョをやりはじめる者もいた。

「ま、百パーセント飛ばされるな。それもおまえがいちばんイヤがりそうなセクションへ。おれがまったく不慣れな経理に行かされたように」

大宮は冷たくいってのけた。

2

「いいか、晶一。ねぎらいの言葉から食事がはじまったら完全にアウトだとあきらめろ。料理を食っているあいだは、日頃の仕事ぶりなどをさんざんホメちぎられるんだが」

「…………」

「持ち上げるだけ持ち上げておいて、デザートが出るころに悲劇の爆弾が落とされる。本日のメインテーマ、『実はだな、中里君』ってやつだ」

晶一は死にそうなため息をついた。

「そこで説教をくらって左遷の内示ですか」

「いや、ほんとに御仕置きの意味で飛ばす人間に対しては、かえって厳しい言葉はいわんものだ。それが大人のやり方でね」

大宮はジロッと晶一を見た。

「建前はいくらでもいえる。たとえば先月、おまえ十二指腸潰瘍で倒れたろ、スタジオで血を吐いて」

「ええ」

「いまもそれで病院通いだ」

「それは念のための検査と、定期的に薬をもらう必要があるからです」

「だがな、晶一。そういう事実が相手に口実を与えるんだ。『どうだ、中里君。だいぶハードワークがたたっているようだし、ここらで体を休める必要がありゃせんかね』」

大宮は総務部長の口調を真似《まね》た。

「冗談じゃない。あれは倒れ方こそハデでしたけど、いまじゃなんともありませんよ。大袈裟《おおげさ》に開腹手術なんてする必要なかったんだ」

晶一は、まるで大宮が総務部長であるかのようにムキになった。

「まあまあ怒るな。理由のつけ方はいろいろあるってことさ」

大宮は、首を左右に振ってボキボキと鳴らした。

「ま、大学の後輩から頼りにされちゃ助けないわけにはいかないが、ごらんのとおりの窓際族じゃあ力にもなれん」

「あーあ、大宮さんに相談したらよけい暗くなっちゃったよ」

晶一は、髪の毛の中に両手を突っ込んだ。

「それで原因は何だ、晶一」

あらためて大宮がたずねた。

「原因って」

頭に手をやったまま晶一が聞き返した。

「おまえさんが飛ばされる理由さ。心当たりがいろいろあるだろう、本人としては」

「うーん」

「言いたくなきゃ、おれが指摘してやろうか。まずナマイキ。ディレクターとしてヒット曲を立て続けに出したことで天狗《てんぐ》になっている。上司への態度が可愛《かわい》くない」

「それは認めますけど、だからといって異動される理由にはならないでしょ」

「なるんだよ、バカ」

大宮は、一本だけ長く伸ばした小指の爪で鼻の回りを掻《か》いた。

「それから女関係。社内の女は手当たり次第。それだけでも大ヒンシュクものなのに、同業他社の商品に手を出した」

晶一の顔色がサッと変わった。

「『キューティーズ』のリードヴォーカルのユッコ。まずいぞ、そこまで見境がないと」

「ど、どうしてそれを」

「めでたいヤツだな、おまえも。毎日伝票とニラメッコしているおれでさえ知ってるんだから、噂《うわさ》は相当広まっていると思え」

社内の女性を手当たり次第というのは完全に誇張だが、ユッコのことは本当だったので、晶一は青くなった。

まだデビュー間もないとはいえ、彼女はライバル会社が力を入れる新人ロックグループのリーダーなのだ。

「まだある。異常に荒い金づかい。おまえの歳《とし》で銀座《ぎんざ》のクラブに入りびたり」

「あ」

「あ、じゃない。たまたまチェックするのがおれだから知らん顔して通してやっているんだ。それともディレクター上がりの経理部長代理の目は節穴だと思っていたか」

「……すみません」

晶一はうなだれた。

「高田ってやつは潔癖性だし現場の経験がないから、そういう業界特有のいい加減さが大嫌いなんだ」

大宮は二本目のピースに火をつけた。

「おれが飛ばされたのも似たような理由からだった。でもおまえ、なにも悪いところまで真似するこたあないだろうに」

「はい……」

「かわいそうになあ。制作現場をはずれたら、もう打ち合わせと称してタレントと経費でメシも食えないし、出社時間も毎朝きっちり九時半だ」

「だめですよ。そんな生活、いまさらできない」

「だろうな。でも、イヤとはいっとられん。大嫌いなネクタイだって締めなきゃならんし、ドブネズミ色のスーツも必要になる」

背広姿の大宮は、ワークシャツにジーパンの晶一をからかうように見た。

「盆暮れの付け届けもガクーンと減るぞ。けっこうおまえ、そういう贈り物でいい思いしてるだろ」

もはや晶一は返事をする気力もなかった。

「考えられないですよ。ディレクターをはずれるなんて」

「そういえば、おまえはまだ独身だし、面倒を見なきゃならん親もいなかったな」

「ええ、ひとりっ子の上に、おやじとおふくろは去年立て続けに死にましたからね」

「そりゃあ身軽でけっこう」

「身軽？」

「営業マンとして地方勤務の可能性もじゅうぶんにあるってことだ。これが妻帯者だと、子供の学校やらローンで買った家のことやらで、なかなか簡単には動かせない」

「地方勤務……」

晶一は呆然《ぼうぜん》とした。

「そうだ。北は北海道から南は九州沖縄まで、ウチの営業所網は完備している」

「ちょっと！」

「さよなら東京、さよならオシャレなディレクター生活」

「もうやめてくださいよ。大宮さん」

「けっきょくわれわれもサラリーマンなんだから、ひとりでおいしい目にあってると後ろから刺されるってことさ」

「………」

「とくにおまえさんまだ若いから、ディレクター時代のおれがやりたい放題だった以上に、勘違いぶりが目に余るだけだ。周囲のやきもちってやつもあるしな」

大宮はタバコを消すと、少しだけ同情の色を浮かべてきいた。

「それでいつなんだ、高田とメシを食うのは」

「明日の夜です」

「そうか」

大宮は、晶一の肩をポンと叩《たた》いて立ち上がった。

「ま、フグチリでもシャブシャブでも好きなものを思う存分食べさせてもらえや。何度もあることじゃないんだし」

3

その夜遅く自宅に戻ってからも、晶一は不安と不満とでなかなか寝つかれなかった。

大宮が決めつけているように、高田部長が彼を夕食に誘う目的は、まちがいなく異動の内示だと思った。

そろそろその時期なのだ。

だが心配なのは、声をかけてきたのが制作部長の馬場《ばば》でなく、総務部長の高田だったことだ。

なぜなら、平社員に対する内示は直属の上司が行う――つまり、ディレクターである彼の場合は、馬場制作部長がするのがふつうだったからだ。

それが総務部長であるということは、もっと含みのある異動なのだろうか。

たとえば出向という可能性もある。

トライ・レコードにはいくつかの関連会社があり、その中には音楽とは縁もゆかりもない宅配便の会社さえあった。まさか配達のトラックに乗れとは言わないだろうが、華やかな世界に浸っていた晶一からすれば地獄だ。

あるいは、大宮が指摘したような晶一の行為の数々に対し、一種の懲罰が言い渡されるのかもしれない。

考えれば考えるほど気が重くなった。

湯水のように使った会合費については大宮が目をつぶってくれたにしても、やはり問題はユッコとのことだろう。

外見の派手さと違って、ユッコはかなり賢い子だったから、晶一とのことはメンバーにも内緒にしていたはずだ。業界の掟《おきて》を破ればどんな厳しい報復が待っているか、そのことはむしろ彼女のほうがよくわかっているだろう。

だから二人が会う場所は、関係者やマスコミの目が届かない地方都市にかぎられていた。

手間と金をかけてでも、彼らはそういう方法をとった。

それほど気をつかって事を運んできたのに、やはり人の口に戸は立てられないということか。

「まいったな」

独り言がおもわずこぼれた。

(異動されるとしたらどこだろう。その場所が問題だ)

(ほんとうに地方の営業所勤務だったらどうしよう)

(いまさら他のやつが作ったＣＤを、汗水たらしてセールスに歩き回れるかよ)

(プロダクションの連中も、きっと冷たい目で見るだろうし)

(そんなことより、ユッコとの関係だってダメになってしまうじゃないか！)

晶一は頭を抱えた。

ユッコだって晶一がディレクターという立場だから、仕事の面での相談相手としても頼ってきているのだ。

それにレコーディング・ディレクターという肩書は、恋人にするには聞こえもいい。

これが営業マンになったら、果たしてこれまでのように、晶一の音楽的な感性を尊敬しつづけてくれるだろうか疑問だ。

それに、彼女と自由に会うことだってままならなくなる。

「絶対に異動はイヤだ！」

晶一は声に出して叫んだ。

「そういう内示だったら、おれは拒否するぞ」

急に胃が痛くなった。

大きな羽毛の枕を抱きかかえると、晶一はふてくされてベッドに倒れ込んだ。

4

翌日の夕方、晶一はスタジオから緊張の面持ちで総務部に電話を入れた。

しばらく待って高田部長が出た。

「おうおう、中里か」

妙に機嫌がいいので、晶一は暗くなった。

「どうした、どこだ今。え、スタジオ。歌入れか？　ああ、トラックダウン、そりゃ御苦労。で、予定どおりでいいかな、七時で」

「はい」

「じゃあ、その時間に直接店へ来てくれるかな。『葵《あおい》』という小料理屋なんだが」

「どこでしょうか」

「新橋だ」

「新橋……」

また胃が痛んだ。

大宮が異動の打診を受けたのと同じ場所かもしれない。

「店の詳しい地図は、そっちのスタジオへファックスで送らせよう。電話番号と住所もそれに書き添えておく。じゃあ、あとで」

半分うわの空でスタジオの仕事を終え、七時少し前に晶一は『葵』に着いた。

「部長さん、もうお見えでございますよ」

和服の女将《おかみ》が晶一の手からバッグを取りあげようとするのを断って、彼は奥の座敷へ向かった。

店の中に敷かれた五色石を踏みながら、晶一はますます身を硬《こわ》ばらせた。

この手の店は、売上げトップクラスのアーティストを接待するのに使うような所だ。とても一介の社員にメシを御馳走する場所ではない。

いくら人事異動の根回しであるにせよ、少し豪華すぎはしないだろうか。まして左遷の内示だったらなおさらだ。

一瞬、希望的観測が頭の中を走った。

これまでの実績を高く評価して、なんらかの昇進措置がなされるのではないか。そのお祝いとして、総務部長が一席設けてくれたのかもしれない。

だが、座敷の障子が開けられた瞬間、晶一の楽観的な期待は一気にしぼんだ。

高田総務部長と並んで、晶一の上司である馬場制作部長が、笑みひとつない堅い表情で座っていたからだった。

「さあさあ、きょうはきみがこっちに座りなさい」

高田は、遠慮する晶一をむりやり上座に座らせた。

「われわれは一足先に始めさせてもらったのでね」

そう言って、総務部長は晶一のグラスに自らビールを注《つ》いだ。

二人の部長のグラスには、それぞれ横に仲居がついてお酌をした。上座に座らされても、店の扱いは両部長のほうが上だ。

こっちがジーンズ姿では、それも仕方のないことだな、と晶一はぼんやり考えていた。

「さ、さ、乾杯だ、乾杯」

高田が音頭をとって三人はグラスを合わせた。

「おつかれさまです」

「おつかれ」

いったい何に乾杯なのかわからないが、三人は口々に同じセリフをいった。

しばらく間があって、三人三様にビールを空けて溜《た》め息《いき》をついた。

「ところで、中里君。君はゴルフをやるんだったかな」

「はい、つきあい程度には」

「そうか。じつは、こないだこいつと葉山《はやま》に行ったらな」

高田は、同じ部長でもずっと後輩の馬場をアゴで示した。

馬場は営業部の副部長から制作部長に転じたが、制作現場の経験がない上に、高田のように押しの強さもなく、プロダクション行政などではだいぶ苦労していた。そのへんを晶一がうまくフォローして、もめごとも事前に解決を見ていたのだ。

「アウトのショートホールで大チョンボをやりおって」

「あ、その話だけはやめてくださいよ、高田さん」

馬場は笑いながらあわてて手を振った。

「いいじゃないか。ああいうドジは三年は語りつづけられるものだ」

「まいったなあ。おい、中里。高田部長の話を本気にするなよ」

馬場は目尻に皺《しわ》を寄せて晶一を見る。

二人の部長はゴルフ場での失敗談を、面白そうにかわるがわる語って聞かせた。

だが、晶一の耳には何も入ってこない。

そんな世間話をするためにここへ呼ばれたのではない。

このあとはじまるメインテーマが彼にとって愉快な話題であれば、冗談の一つや二つは話の前菜と思えるのだが、今夜の場合はイヤな本題が控えているのが目に見えていた。

向こうだってそれを承知のくせに、どうして食事だけでなく話にまでオードブルが必要だと思っているのだろう。

「……ひどい話だろ、中里君」

ハハハと高笑いしながら、おかしさの同意を求めてくる高田に、晶一はわざと白けた表情を返した。

目を細めて晶一を見ていた二人の部長の瞳から、笑いが消えた。

「ま、馬鹿な話はともかくとしてだ」

高田が顔つきを改めた。

「中里君、本人を前にしていうのもなんだが、きみが活躍してくれるおかげで、ウチは大いに助かっているんだよ」

ついにきた、と思った。

大宮が予告していたとおりのパターンだ。

「ウチはこれからビデオ部門とニューメディア・ソフト部門を拡充していかなければならない。そのためには当然、それなりの資金が要るんだが、レコード部門が絶好調なので非常に計画がたてやすい。いや、ほんとに感謝してるんだよ。そうだな、馬場君」

同意を求められた馬場は、こっくりとうなずいた。

(そのとおりですよ)

晶一も声に出してそういいたかった。

ヒット作りの実績を感謝されることこそあれ、左遷だなんてあるはずがない。

不安を打ち消すように、彼は早いピッチでグラスを空けていった。

「いいのかね、そんなに飲んで」

高田が心配そうにいった。

「飲むといったってビールですよ、これ」

晶一は口の周りの泡を拭った。

「まあ、そうだが……で、どうなんだね。体のほうは」

「体のほうといいますと」

「こないだ倒れただろう、十二指腸潰瘍のことだよ」

「ああ、もう何でもありません」

答えながら、晶一は大宮の予測がことごとく当たるのに驚いていた。

「しかし、体だけは大切にせんとな。若いからといって無理しちゃいかんぞ」

これも上司の決まり文句だった。

体だけは大切にしろ、無理はするな、と言いながらハードワークを強いるのだ。決して休暇をすすめてくれるわけではない。

ところが……。

「なあ、中里君。きみもディレクターの中じゃ人一倍ガムシャラに働いてきた。どうかね、ここらで少し休んでは」

ここまで筋書きどおりにくるとは思わなかった。大宮のヨミは信じられないほど正確だった。

だが、そんなことに感心している場合ではない。

いよいよ本題だ。

「休む？」

わざと尖《とが》った声を晶一は出した。

「休むって、どういうことです」

「いや、まあ勘違いされちゃ困るんだが」

高田はチラッと馬場と顔を見合わせた。

「やはりわれわれとしても有能な人材を使い捨てにはしたくないんだ」

晶一は黙って次の言葉を待っていた。

「ほら、野球でもあるだろう。一人のリリーフ・エースにおんぶにだっこで、結局は肩をこわして次のシーズンを棒に振らせてしまうケースが。きみにはそうなってほしくないんだよ」

「レコーディングは野球とは違います」

憮然《ぶぜん》として晶一は言った。

「へんな例を引き合いに出さないでいただけませんか」

こんどは高田が黙った。

仲居が料理を運んできて引き下がるまで、座敷には気まずい空気が流れた。

「中里、これはきみのためを思っていうんだがね」

馬場が恩着せがましく晶一に話しかけた。

「音楽業界は感性の世界だぞ」

あなたにいわれなくてもわかってますよ、と晶一は内心毒づいた。現場経験のないあなたにいわれなくてもね。

「感性はキャリアだけでは補えない。つねにブラッシュアップする必要がある。日常の業務に埋没していると、どんなにすぐれた才能もサビついてしまう」

晶一はヤケになって料理を黙々と食べた。

その様子を高田部長がじっと見つめているのが気配でわかる。

馬場はつづけた。

「このまま何年かディレクターだけをつづけていったら、きみは専門バカになってしまう。大宮さんがいい例だ」

大宮の名前が出たので、晶一は一瞬箸を動かす手を止めた。

「ここだけの話だが、ああなってはマズイぞ、中里」

「…………」

「きみは将来の幹部候補生なんだ。いまのうちに、もっと広い視野に立って勉強をしてもらいたい」

晶一は静かに箸を置いた。

「要するに、異動の内示なんですね、これは、そうなんですね」

制作部長は、助け舟を求めるように総務部長の顔を見た。

「そうだ」

ぽつんと高田がいった。

「どこへ行かされるのです」

晶一は自分の上司ではなく、総務部長の方に向かってたずねた。

「私のところだ」

「私のところって？」

「総務部に来てもらう」

「ええっ」

血の気が引くのがわかった。

「総務で何をするんです」

「主に……」

高田は苦しそうな顔になった。

「社員の福利厚生業務の担当を……」

「冗談じゃないですよ」

晶一は崩していた足を正座に正して詰め寄った。

「夏休みの保養所の手配や社内報の編集なんかを、このぼくにやらせるわけですか」

「それも立派な仕事だぞ。現に一生懸命それをやっている者がいる」

馬場の声を無視して、晶一は高田に詰め寄った。

「ぼくは制作ディレクターとして失格なんですか」

「そうじゃない」

高田は目をそらしたまま答えた。

「だけど、これは明らかに懲罰人事じゃないですか」

「中里！　言葉が過ぎるぞ」

今度は咎《とが》める馬場に向き直って、晶一はかみついた。

「部長だって、こういう人事をやればぼくがショックを受けることくらいわかっているじゃありませんか。それともぼくが『はい、がんばらせていただきます』と、笑顔でうなずくとでも思っていたんですか」

晶一は呼吸を整えてからいった。

「納得がいきませんよ、絶対に」

「中里」

酒のせいではなく、しだいに制作部長の顔が赤くなっていった。

「会社の人事というものは、本人が納得するとかしないとか、気に入るとか入らないの問題じゃないんだ」

「だったら、どうしてこんなふうに根回しみたいなことをやるんです。社員に異動を内示するのに、いちいちこんな立派な店で御馳走をするわけですか」

「………」

「ぼくのどこがいけないんです」

「きみに落ち度はない」

高田はそう言って盃《さかずき》をあおった。

彼は日本酒に切り替えていた。

空になった盃に、すかさず馬場が酒を注いだ。

「落ち度がないんだったら、制作現場をはずされる理由がわかりません」

そのとき、晶一の脳裏をユッコの顔がかすめた。

「それとも、これは何かの圧力ですか」

「圧力？」

高田はけげんな顔をした。

「そりゃどういう意味かね」

「いえ、べつに……」

ヤブヘビにならないよう、晶一は発言に気をつけた。

「ま、いずれにせよ、きみはトライ・レコードの大切な財産なんだ。決して悪いようにはしない。だから、今回は言うとおりに動いてくれんか」

「では……」

晶一は壁際に置いてあったバッグに手を伸ばした。

自分でも興奮しているのがわかったが、これより他に方法はない。

彼は一通の封筒を取り出し、二人の部長の前に差し出した。

『辞表』の二文字がそこにあった。

5

「これは受け取れないよ、中里君」

高田は中身を改めずに、封筒を晶一のほうへ押し返した。

「いえ、こちらも返されては困ります」

晶一がまた押し戻した。

「感情的になっちゃいかんな、中里」

馬場が口をはさんだ。

いちいち彼のいうことは本質からずれているので、晶一はカッとなった。

「べつに感情的になんかなっていませんよ。部長たちのおっしゃることが理にかなっていないから、そういう指示には従えませんということです」

「だが、さっきもいったように、君はトライ・レコードの幹部候補生なんだ。二、三年経《た》ったら、きっとわれわれの意図していたことが君にもわかるはずだ」

　そう発言した馬場に、なぜか一瞬、高田が咎めるような視線を飛ばした。

「ぼくの将来を、田端《たばた》社長が保証でもしてくださっているのですか」

「なに。どういう意味だ、それは」

　トライ・レコードの田端は、絶対的な権力をもつオーナー社長だった。

「申し訳ありませんが、馬場部長にしても高田部長にしても、二、三年後にどういうポジションにいらっしゃるかわかりません」

　馬場の顔がいっそう赤くなった。

「それでもぼくの将来について、部長がずっと責任を持てますか」

「……………」

「部長だって、人事異動があって他のセクションへ行けば、前のことなど関係なくなるでしょう」

「ちがうね」

つとめて冷静さを保とうとする高田が、穏やかな笑みを浮かべていった。

「そんな無責任なことがないように『引き継ぎ』というものがあるんだ」

総務部長は飲む手を休めてタバコに火をつけた。

「たしかに君が指摘するように、私だって社長のご命令ひとつでどのセクションへ行くかわからない。だが、ここで約束したことは、必ず次の部長に引き継がれる」

「そうそう」

馬場が盃をすすりながらうなずいた。

「いいかね、中里君。君のこれまでの業績や勤務評定は、しっかりファイルに記録され保存されているんだ。そして、それをもとに歴代の役員なり管理職なりが、君の適切な働き場所を決めていく」

「そうだよ」

「決して、一個人の感情で社員の将来が左右されることはない」

「嘘《うそ》ですよ」

晶一は露骨な苦笑いを浮かべた。

「どうして部長はそんな建前論ばかりおっしゃるんです。個人的に気にくわない部下とみれば、査定だって低くなりますよ」

彼はチラッと馬場を見た。

この異動話には必ず馬場部長の感情が一枚かんでいる。

晶一はそう確信していた。

もしも馬場がディレクターとしての晶一を正当に評価していたら、異動の話を必死にくい止めてくれてよいはずだ。

直属の上司が彼を手放すことに同意したから、こういうことになっているのだ。

「中里君、査定というのはね、一人でするわけじゃない。第一次査定者は馬場部長だが、その上に制作本部長、さらに制作担当常務が控え、不公平のないよう三人が査定するシステムなのだ」

「本部長や常務は判を押すだけですよ。いちいち社員の働きぶりなんか見ていないんだから」

馬場の鼻息が荒くなった。

晶一を睨《にら》む目付きに激しい怒りがこもっていた。

「とにかくぼくのいいたいことは、誰かが何らかの理由でぼくに冷や飯を食わそうとしていること。たぶん、それはぼくに対する個人的な感情からきていること。そして、いったんディレクターをはずされたら、たぶん二度と現場に戻れる可能性はないこと。以上、三点です」

胸がやけるように不快だった。

「将来の心配とか、幹部候補生とか、そんなことはどうでもいいんです。異動の本当の理由を教えてくださいとお願いしているんです」

二人の部長が黙っているので、晶一はつづけた。

「サラリーマンだからといって、オールラウンド・プレイヤーになる必要がどこにあるんです」

高田は晶一の視線を避けて、天井を見つめタバコをふかしている。

「ぼくは他の人間よりも適しているから制作に配属された。そして、それを実績で証明してきています。ぼくに対して他に何を望むんです。労務管理ですか、税務署や銀行との交渉能力ですか」

馬場は感情むき出しで晶一を睨みつけている。

「そんなのはクソくらえですよ。ぼくは一ディレクターとして一生を終われればそれでいいんです。ぼくたちは部長たちの世代とちがって、年を取ったからといって感覚は鈍らないんです。白髪《しらが》になるまで作品を作りつづけて、それでスタジオで死ねれば本望です」

晶一は、世界的な指揮者ヘルベルト・フォン・カラヤンのドキュメントを思い出していた。

それは彼の死の前年、一九八八年にザルツブルクで記録されたものである。黒人のオペラ歌手ジェシー・ノーマンを迎えてのベルリン・フィルのリハーサル風景。自宅スタジオで自らの演奏のビデオ・ディスクを編集する風景。

そこには老いの影も死の前兆もなかった。

あいまいな記録だけでは、自分が何をなしとげてきたのか後世に残らない。消えゆくガス灯のようなものだ。──と、レコードの名盤を残すだけでは満足せず、自ら陣頭指揮に立ち、ビデオ・ディスクを編集するカラヤン。

彼はまた、飛行機の操縦を学んだときの話、二十六人のクルーを率いてヨットレースにのぞんだときの話を熱く語った。

日本流にいえば、明治四十一年生まれのカラヤンである。

それを見て、晶一は年齢に対する概念を変えた。

自分もあと十数年もすれば、かつての先輩たちがそうだったように現場を去って、少しだけ偉くなってデスク業務に携わるのだ、と思い込んでいた。

その考えを改めた。

いくら偉くなっても、伝票にハンコを押すような毎日は耐えられない。サラリーマンだからといって、プロとしての生きざまを否定される筋合いはないはずだ。

晶一はそのドキュメントを見てから、一定の年齢になったら猫も杓子《しやくし》も管理職につかせようというトライ・レコードの方針に、いっそう強い反撥《はんぱつ》を抱くようになった。

自分の耳が確かでありつづけるかぎり、また時代をプロデュースしていく感覚が衰えないかぎり、スタジオを離れまいと決心したのだ。

「君の、レコーディング・ディレクターへの思い入れはよくわかった」

高田がゆっくりとタバコをもみ消した。

「きょうのところは、これ以上議論したところで平行線だろう。あとはゆっくりメシでも食おうや。消化にいい話をしながらな」

「じゃあ、この話はなかったものと考えていいわけですね」

「いや、それはまた後日」

「どういうことですか」

晶一はふたたび顔を硬ばらせた。

「蛇の生殺しみたいなことはやめていただけませんか」

「中里、しつこいぞ」

また馬場が怒る。

が、晶一は無視した。

「きちんと結論を出していただかないかぎり、こっちだって仕事に身が入りません」

そのとき、ふと疑問が彼の頭をよぎった。

これだけ晶一が言いたい放題なのに、なぜ総務部長は怒らないのか、ということだ。

よくよく考えたら、高田部長の短気というのは社内でも有名なのだ。

ふつうだったら、異動の打診を拒否しようものなら頭ごなしに雷が落ちても不思議はないところだ。

ところが、怒りの色をあらわにしているのは、むしろいつもは気弱な馬場のほうだった。

高田は困惑の表情を浮かべこそすれ、まるで晶一に遠慮でもしているように下手下手にと出て、日ごろの癇癪《かんしゃく》持ちな性格はおくびにも出さない。

これは何か高田のほうに引け目があるとしか思えなかった。

もしも異動の理由がユッコとのことであれば、これだけゴネる晶一に対して黙っているはずがない。いいかげんにしろ馬鹿者、と怒鳴りつけられて当然のところだ。

高田の短気にブレーキをかけている要因があるとすれば、それは相当な事情に違いない。

晶一は、ますますわけがわからなくなった。

急に寡黙になった晶一を見て、馬場も話の持っていきようがなくなったらしく、ひたすら箸を動かしたり盃を空けたりした。

「とにかくだ」

その場の気づまりな空気を救うように、高田が口を開いた。

「メシを食ってしまおうじゃないか。このあと出てくる鯛《たい》めしは名物なんだ」

「ぼくはもう食べられません」

晶一は汁椀《しるわん》の蓋をかぶせた。

実際、これ以上はとても胃が受けつけそうにない状態だった。

さほど満腹ではないのだが、胸がいっぱいである。

不愉快な席で、味覚は別とばかりに舌鼓を打つ心境にはとてもなれなかった。

「ここに並んでいる料理は、部長たちの引け目の象徴のような気がします」

高田がギクッとして手を止めた。

「ぼくに悪いことをしているという気があるから、豪華な食事で埋め合わせをしようというんでしょう。そうでなければビジネスライクに、会議室に呼んで話をすればいいはずですからね」


きっと大宮も、こうした料理を前にして苦い通告を受けたに違いない。

しかし、振り返ってみれば晶一も同じようなことをアーティストに対して、していた気がする。

　出しても出しても売れない歌手は、もう契約を更改しない旨を伝えなければならない。最初に非公式にそれを話すのが、担当ディレクターの役割でもあった。

　そういうとき、晶一は必ず相手を食事に誘った。決して、会社の会議室などで事務的に通達することはしない。

　だが、売れないアーティストとは日ごろから顔を合わせる機会も少ない。それが急に、メシでも食わないか、ということになれば、相手もそのへんの事情を推測して恐怖の色を浮かべる。

　それが晶一はつらかった。

　いつ本題が切り出されるかと、食事どころではない相手の様子が手に取るようにわかったからだ。

　それなのに、差し障りのない話題をズルズルとつづけ、笑いたくもない相手を無理に笑わせていたのは自分ではないか。

　そうした日本人特有の妙な間の持たせ方がいかに残酷であったか、晶一は身をもって悟った。

「失礼します」

その場にいるのがつらくなった晶一は、一礼をして席を立った。

「おい、中里」

引き留めようと腰を浮かす馬場を、高田が制した。

「いいんだ、帰してやろう」

6

「彼は気づいたと思うかね」

「なにがです」

二人きりになったところで、馬場は高田の向かい側に座り直し、酌をした。

「癇癪持ちのこの私が、怒り出さなかったことだよ」

「さあ」

徳利《とつくり》をさかさにして自分の盃に残りを空けると、馬場は口を尖らせて酒をすすった。

唇を拭ってから、改めて高田に返事をする。

「あれだけ興奮していたんですから、そこまでは気が回りませんよ」

「だったらいいが」

高田は、すっかり冷えてしまった鯛めしを見下ろした。

「それにしても、馬場君。二、三年経ったら云々《うんぬん》の発言は……どうも、よくないな」

「すみません。口にしてから気がつきました」

「あれはなかなか敏感な男だから、私がなぜ怒らなかったかに気づけば、そこからいろいろ推理を働かせるかもしれない」

「それはだいじょうぶでしょう」

馬場は勝手に請け合った。

「しかし……」

制作部長はフッと肩を落としながら、ため息をついた。

「いろいろな意味で、メシを食いながらというのはマズかったですかね」

「君も見ていたか」

「ええ……彼、途中で完全に食欲をなくしていましたから」

「いかんな」

「いけませんね」

沈黙が漂った。

「しかし、われわれが何らかの形で協力してやる以外ないんだよ。彼には身寄りというものがないんだから」

「ええ」

「白髪になるまでディレクターでいて、スタジオで死ねれば本望か」

高田は晶一の言葉をなぞって、目頭に指を当てた。

「よかれと思ってすすめた異動だが、仕方ない。入院することになっても、肩書はいまのままにしておいてやろう」

「せめて結婚して奥さんでもいたらねえ」

「いや」

高田は馬場に対して首を振ると、卓に手をついて立ち上がった。

「残される者がいないだけ、まだよかったんだ。医者もそういっていた」

専務、おはようございます

1

サラリーマンの悩みは尽きない。

だが、よもやこんなことで悩むことになろうとは、入社六年目の根本和男《ねもとかずお》は思ってもみなかった。

会社のトイレに行くのが苦痛になったのだ。

太洋《たいよう》自動車の銀座本社ビル七階に、彼が所属する広報部のフロアがあった。

その廊下の端にトイレがある。

毎朝、始業時間の八時半よりだいぶ前に出社する根本は、カバンを席に置くと、まず用を足しにいくのが習慣だった。

オフィスはガランとしており、トイレで他の社員と顔を合わすことはほとんどなかった。少なくとも、いままでは……。

その朝も、根本は用を足しながらボーッと窓の外を眺めていた。

壁面が鏡張りのようになった、隣の保険会社のビルを見るともなしに見ていると、彼の耳元で突然ゴワーッと痰《たん》を切るものすごい音がした。

驚いて振り返ると、すぐ横に田辺《たなべ》専務が立っていた。

それで根本はまたびっくりした。

専務室はひとつ上の八階にある。

そこは役員専用のフロアで、大理石張りの豪華な化粧室がある。だから専務がわざわざ一階下のトイレまで降りてくる必要はない。しかも田辺は技術担当の役員だから、七階に出入りする用事はそんなにないはずだ。

それはともかく、一平社員の根本と専務の田辺が、おたがいに自分のいちもつを握ったまま隣り合って立っている図は、どうにも間の抜けたものだった。

（こういう状況でも、やはりサラリーマンとしては上役に挨拶をすべきなのだろうか）

根本は一瞬迷った。

が、迷いは文字どおり一瞬だけで、朝の挨拶が自然に彼の口をついて出た。

「おはようございます」

すると専務は「ウー」という、返事なのか痰の続きなのかわからない音を立てて、勢いよく放尿をはじめた。

次の日の朝、根本がいつもの時間にトイレに行くと、また専務がすぐ横の仕切りにやってきた。

並んで前を見たまま、根本が挨拶する。

「おはようございます」

「ウー」

同じことの繰り返しである。

とにかく田辺専務は頑固で偏屈の評判が高い。気難しいという点では社内で一、二を争う役員だった。

だから、隣り合わせた根本としてもつい緊張してしまう。

もちろん、田辺のほうから若い平社員の根本に気さくに話しかけてくることなど、絶対に考えられない。

だから、トイレという狭い空間で専務と二人きりになるのは、非常に気詰まりなひときだった。

2

それでも朝のうちに会っているぶんにはまだよかった。

困ったのは、昼休みが終わって三十分ほどした時に、トイレで専務に会ったときだ。

小窓から差し込む午後の日差しを浴びながら仕事のことをぼんやり考えていると、隣に人の気配がした。

また、田辺専務だった。

「おはようございます」

反射的にそういってからしまったと思った。

もう昼の一時半すぎだ。おはようございます、はマズかった。

専務は鋭い一瞥《いちべつ》を根本の横顔にくれてから、また知らん顔で前を向いた。

田辺が先にトイレを出ていってから、根本はひとりで悔やんでいた。

専務は、根本の胸についているIDカードの名前をじろっと見たような気がする。礼儀にうるさいことでも有名な専務だ。きっとチェックされたに決まっている。

案の定、翌朝の会議で、課員を前にして課長が説教をはじめた。

根本の上司は、滝沢亜矢子《たきざわあやこ》という四十になる女性の課長だった。

「じつは、きょう田辺専務から広報部長を通じてお叱りの言葉がありました。ウチの課の人間で、専務に失礼な挨拶をした者がいるそうですね」

亜矢子は明らかに根本に目を向けていた。

「その人は、昼すぎというのに専務に向かって『おはようございます』と挨拶した、と私は聞かされました。きみたち広報部は芸能界の人間か、昼におはようとは何事か、と専務は烈火のごとく怒っておられた、とのことですけどね」

亜矢子はますます根本に視線を集中させて、話をつづけた。

「たしかに私たちは宣伝部同様、仕事がら芸能・マスコミ業界の人間とのつきあいが多いです。だからといって、自分たちまでがそういう世界の色に染まっていいはずがありません。私たちは自動車メーカーの社員です。タレントでもなければテレビ局のディレクターでもないの。くれぐれもカンちがいをしないように。いいわね」

「課長、ちょっと待ってください」

根本の先輩にあたる飯田《いいだ》が手をあげた。

「なによ、飯田君」

「『おはようございます』がダメなら何といえばいいんです。ナニを握りしめたまま『こんにちは』って頭を下げるんですか」

笑いがもれた。

「そうですよ、課長。教えてくださいよ」

後輩の川崎《かわさき》までが、いっしょになって反発した。

「課長は女性だからわからないんです。トイレで役員と二人きりになったときの、あのプレッシャーを」

「………」

「そういえばあ……」

可愛《かわい》いから男の上司には人気があったが、その幼稚なしゃべり方で亜矢子をイラつかせることの多い、杉本純《すぎもとじゅん》が口を出した。

「廊下とかで上の人とすれ違うときでもお、朝だと『おはようございます』っていえちゃうのにい、昼だとどう挨拶していいかわかんなくってえ、けっきょく黙って目をそらしちゃうんですよねー」

いわれてみれば、課長の亜矢子にも思い当たるところがあった。

若い社員が彼女と目を合わせても、朝は元気な挨拶が飛んでくるのに、昼近くからは急に目礼が多くなる。

「課長だって、専務に挨拶するのにどういいます。朝はともかく、そのあとは」

さらに飯田に突っ込まれて、亜矢子は答えに詰まった。

彼女は若いころロサンゼルスの現地企業に勤めていたが、こんなふうに挨拶の仕方で悩むなどということは考えられなかった。

まったく日本的な問題である。

「日本語って不便なんだよな」

飯田がいった。

「会社の場合、フォーマルな感じで使える挨拶は『おはようございます』だけで、『こんにちは』とか『こんばんは』は、すごくマヌケなんだ」

「夜残業とかしていて専務に会ったらどうしよう。『こんばんはー』なんて言えませんよねー」

と、純。

「おまえがそういう言い方をすると、なんかアブないんだよ」

川崎が純の頭を指でつついた。

「『おはようございます』にだけ丁寧語尾の『ございます』がついて、他《ほか》にはないのがいけないのかもしれないわね」

ようやく亜矢子が分析してみせた。

「課長、こんにちはでございます」

そういって飯田はみんなを笑わせた。

3

人一倍内気な根本和男は、飯田や川崎のようにあっけらかんと問題を受け流すことができなかった。

次の日、どういうわけか彼はまた専務とトイレで出会ってしまった。それも夕方に。

スイング・ドアが開いて入ってきたのが田辺専務だとわかると、根本は出るものも出なくなった。

ここのトイレは横に四人分の仕切りがあったが、根本がどこにいても専務は必ず彼の真横にきた。

例によってゴワーッと痰を切る。

中年になると、自分もああやって痰を切る音が豪快になるのか、と根本は変なことを考えた。

が、それよりも問題は挨拶である。

（『こんにちは』じゃダメだ。『このところ毎日いいお天気ですね』なんて馴《な》れ馴《な》れしすぎるだろうな。自分がもう少し上の立場だったら、『いかがですか、ゴルフの調子は』くらいいえるんだが……あ、専務はゴルフはやらないか）

考えが頭をグルグルかけめぐっているうちに、専務はさっさと用を済ませてしまった。

水洗のボタンを押しながら、一言も発しなかった根本の顔をジロッと見る。

ザーッと流れる水音が消えるまで、根本は金縛りにあったように、うつむいたまま、顔を上げることができなかった。

「根本君、ちょっと」

翌日、彼は課長の亜矢子に呼ばれた。

「あなた、おとといの会議で注意したことを忘れたの」

「は」

やっぱりと思ったが、とりあえず根本はとぼけてみた。

「専務の話よ。あれは自分のことだってわからなかったの」

亜矢子は唇を真横に引いて根本を睨《にら》みつけた。

「今度はあなた、何の挨拶もしなかったんですってね」


さすがに根本は、その日は、もういつものトイレに行く気がしなかった。

いつ専務が入ってくるか気が気でない状態で、落ち着いて用を足せるとはとても思えなかったからだ。

だからといって自然現象は我慢できない。

そこで彼は、ひとつ下の六階のトイレを使うことにした。総務経理関係のセクションが集まったフロアだ。

トイレのドアを開けると、洗面台の前で見慣れぬ若い社員が手を洗っていた。胸につけた名札によれば、今年入社した経理の新人らしい。

彼は根本に対し、なんだこいつというようにぶしつけな視線を飛ばし、挨拶もない。

根本はムッとしてみせたが、経理の新人は知らん顔である。

両手を振って水を切り、カラカラと個室のロールペーパーを引き出して、それで手を拭いた。

そして、咎《とが》めようとする根本の横を、肩で風を切って通り過ぎ、乱暴にドアを開けて出ていった。

根本は、ズボンのチャックに手をかけながら溜《た》め息《いき》をついた。

腹が立つというよりも、うらやましかった。

あの新入社員くらい無神経でいられたら、隣で専務が咳《せき》ばらいしようと睨もうと、どこ吹く風でいられるのだろう。

だが、自分のように細かいことが気になる人間には、とてもできない真似《まね》だ。

そんなことを考えながら目を閉じていると、いきなり耳もとで、聞き慣れたゴワーッという音がした。

びっくりして目を開けると、なんと隣に田辺専務がいた。

（どうして六階のトイレにまで！）

根本は愕然《がくぜん》となったが、何か挨拶をせねばという焦りのほうが先にたって、不思議すぎる偶然については考えがいかなかった。

「ど、どうも」

とっさに出たのは、その一言だった。

そして、ぺこりと頭を下げる。

が、『どうも』だけで許してくれるはずがない。

(何かつけ加えなければ……)

「おつ……お疲れさまです」

言ってからダメだろうな、と思った。

専務に向かって『お疲れさまです』というのは、根本のような平社員の分際ではいかにも偉そうだった。

またまた専務の厳しい視線を横顔に感じた。

睨まれている時間がいつもより長い。

きっと、いまの挨拶も気に入らなかったのだ。

さすがに根本は、もうどうにでもなれという気分になっていた。

昼に『おはようございます』は芸能界風でけしからん、『こんにちは』は間が抜けている、黙っていたら無礼だと言われ、『どうも』も『お疲れさまです』もダメとなるといったいどういうふうに挨拶をすればいいのだ。

専務、教えてくださいよ、と喉まで出かかったが、根本にそんな台詞《せりふ》がいえるはずもない。

きょうばかりは根本のほうが先に、そそくさと逃げるようにトイレをあとにした。

4

窓際族ではないのだが、根本の机は窓際に配置されている。きょうの天気のように、ギラギラと太陽が照りつける日のデスクワークは、拷問に近いものがあった。

夕方、打ち合わせで外出する用事ができたのを幸いに、根本は約束よりも早めに会社を出た。

どこかで休憩し頭を冷やさなければ、おかしくなりそうだった。もちろん、日差しのせいだけではない。専務の一件ですっかり調子が狂ってしまったのだ。

表へ出ると、真向かいの鏡張りのビルに西日に照らされた太洋自動車の社屋と、そこから出てきた根本の姿が映し出された。

彼はそのハーフミラーの壁面に歩み寄って、まじまじと自分の顔を眺めてみた。

なんと生気のない顔か。

トイレでの挨拶に悩んでやつれた男なんて、馬鹿げた話にもほどがある。

情けない自分の姿を見たくなくて、根本はビルに背を向けて歩き出した。

交差点をひとつ越えたところに、いきつけの喫茶店があった。そこで少し休もうと思い、ドアを開けたとたん、ストローでアイスコーヒーを飲んでいる杉本純と目が合った。

「あ」

サボッているところを先輩に見つかる、の図だが、ちっとも悪びれないところが最近のOLらしいところである。

「えへへー」

人なつこいタレ目を下げて笑う。

たいがいのことは笑ってごまかせる、と純は信じ込んでいるらしい。

「根本さんも『ご休憩』ですかあ」

根本はあきれたように無言で首を振ると、純の向かいに座った。

「私は電通《でんつう》までおつかいに行った帰りだから、まだいいですよね」

「なにが、『まだいいですよね』だ」

根本はアイスティを頼んでから、椅子の背に体を勢いよくもたせかけた。

「課長にいいつけるぞ」

「根本さんはそんなことしないもん。優しいから」

「そうかな、油断すんなよ」

「だいじょうぶ。私、根本さん信じてまーす」

どういうわけか純は根本によくなついていた。無口で気の弱い根本も、彼女の前だと人が変わったように気楽にしゃべることができた。

「滝沢課長のことですけどー、私、女の上司って、やっぱり合わないの。同性どうしってダメみたい」

「よくいうよ。そう思ってるのは課長のほうだぜ」

滝沢亜矢子のように切れるタイプの女性からすれば、甘ったるい声とトロい態度が男性にうけている純の存在は、かなりイラつくものだろう。

「それより知ってます？」

純はすぐに話題を変えた。

「根本さんて、いま社内で噂《うわさ》になってるの。それもアブナイ噂」

「なにが」

根本は片手を椅子の背に回しながら、もう一方の手でネクタイをゆるめた。

「おまえとの関係か」

「やだあ、ちがいますよー」

杉本純は肩をくねらせてから、急に真面目な顔付きになった。

「中野《なかの》さんのこと」

その名前を聞くと、根本も顔を引き締めて前かがみになった。

「中野って。失踪した受付嬢の？」

「そう。ミス太洋自動車っていわれていた、超美人の中野洋子《ようこ》さん」

純より三年先輩の彼女は、三週間前の金曜日から無断で欠勤をつづけており、そのことが社内でも話題になっていた。

彼女は一人暮らしだったので、万一のことを考え、無断欠勤三日目に総務部長とマンションの管理人が、合鍵で洋子の部屋に入った。

最悪の状況が発見されなかった代わりに、彼女が木曜の朝出勤して以降、部屋に戻ってきた形跡も見当たらなかった。実家にも何の連絡もないという。

ついに失踪一週間目に、警察に捜索願が出された。

が、いまだにその行方はさだかでない。

「ねえ、根本さんて、中野さんに気があったんでしょ」

「おまえ、大きな声を……」

根本は腰を浮かせてあたりを見回した。

幸い二人の席は観葉植物のかげで、他の客からは死角になっていた。

「だってその話、有名ですよ。ラブレターを添えた詩集を渡したとかいうの」

「ウソだよ、そんなの。作り話、作り話」

そう言いながら赤くなっているので、弁解が弁解になっていない。

「根本さんて、けっこうロマンチストで可愛いって、みんなで話してたんですよー」

「…………」

「それでね、こんど洋子さんが消えたのも、きっと根本さんが関係しているんじゃないかって」

「おいおい！」

彼はあわてた。

純が披露したエピソードは、たしかに本当の話である。

彼が中野洋子に憧れていたのは、事実だ。

女性経験の乏しい根本の頭には、美人はみな無口であるべし、という単純な図式が出来上がっていた。だから彼には、会社の受付嬢や秘書を極端に偶像化してみる傾向があった。

だいたいどこの会社でも、そうした部署には感じのよい女性を配置するし、彼女たちには『おしとやかに応対する』教育がなされている。

それが、根本にとっては理想だったのだ。

なにしろ、年下とわかっていながら彼女たちには敬語でしか話しかけられないのだから、意識過剰も重症といったところだった。

そうした洋子に対する憧れは日を追って強まり、ついにはラブレター入りの詩集をプレゼントしたのも事実だった。

だが、そんな根本の意思表示も、あっさりと無視されてしまった。

それからしばらくの間は、彼は顔から火が出る思いをして受付の脇を通り過ぎねばならなかった。

ひどく後悔した思い出である。

「いったい誰だよ、そういうデタラメをふりまいているのは」

メニューで顔を扇《あお》ぎながら彼はきいた。

「さあ」

「さあ、じゃないだろ」

「だって、なんとなくお昼の時間とかにそんな話が出て」

「女子社員のランチタイムなんてロクでもないな」

「そうですよ。いちいち私たちの話を聞いてたら、男子社員はみんなノイローゼになっちゃいますよー」

「バーカ」

根本は運ばれてきたアイスティのストローで、純の頭を叩《たた》いた。

そうしながら彼は、洋子にもこんなふうに接することができていたら、と思った。

トイレでの専務に対しての緊張といい、受付嬢への意識過剰といい、これでは一世代前のプレッシャー内蔵型人間ではないか、と根本は自分で自分がイヤになった。

「それでね」

純は、彼の心の動きにおかまいなく先をつづけた。

「じ・つ・は、洋子さんには……」

「もったいぶらずにさっさといえよ」

「結婚の話が進んでいたんですって、お医者さまと」

「………」

「ジャーンて感じでしょ」

「ふうん」

うつむいてアイスティを吸い上げながら、根本は冷静を装った。

「ありそうな話じゃないか」

「ほんとうにそう思いますう？」

純は根本の顔を下からのぞいた。

「彼女が無断欠勤をしているのは、きっとその医者と駆け落ちでもしたんだろ」

「だけど噂ではー」

語尾をさらに伸ばして、純が強調した。

「それを恨んだ根本さんが、中野さんを」

純は首を絞める真似をした。

「なんだと」

根本は顔色を変えた。

「おれが彼女を殺したっていうのかよ!」

5

怒鳴ってから自分の声の大きさに驚いて、根本は口をつぐんだ。

「だって、洋子さんが会社に来た最後の日、根本さんは徹夜で残業をしていたでしょ」

すぐには思い出せなかったが、そういえば三週間前の木曜日といえば、記者会見の資料に不備があるのを発見して、明け方五時ごろまでかかって、一人で修正作業をした日だ。

「それがどうした」

「こわーい話を教えてあげちゃいますね」

純はいちだんと声を低くした。

「会社が必死に隠している衝撃の事実があるんですよ」

「おおげさだな」

「外にもれて週刊誌とかに書かれると大変なので、上のほうと警察だけの秘密になっているらしいんですけど」

純はほとんど囁《ささや》き声になった。

「洋子さんの木曜日のタイムカードにはね、退社時刻がついていないんですって」

「なに？」

「つまりー」

力を入れるあまり、純はふつうの大きさの声に戻った。

「洋子さんは、会社から外に出ないまま消えちゃったんですよ！」

「………」

「わかります？　この意味」

「あ、ああ」

「ほんとに理解してますう？」

「くどいな、わかってるよ」

答えながら根本は青くなっていた。

「こわいでしょ」

「こわいよ」

「それでえ」

純は、氷だけになったグラスをストローでかきまぜた。

「もしかして洋子さんは、会社のどこかで人知れずに死んでいるんじゃないか、ってことになってね」

根本の脳裏を、無残に殺された洋子のイメージがよぎった。

「こないだ夜中に警察が立ち会って、社内の大捜索をやったそうなんです。地下倉庫なんかも含めてぜーんぶ」

「ほんとうか……、知らなかったな」

「そういうことは女の子の情報ネットワークに任せてくださいよー」

「ああ」

アイスティを飲んでいるにもかかわらず、根本は口が乾いてしようがなかった。

「で、どうなったんだ」

「何か事件があった証拠は出てこなかったけど、あの木曜日の夜遅くまで残業していた人は、警察にしっかりとマークされているそうですよ」

「ええっ」

「それにね、社内にも極秘で調査プロジェクトができて」

「調査プロジェクト？」

「はい。秘書室のマコ先輩が内緒で教えてくれたんですけど、その責任総指揮は田辺専務がとっているんですって」

「専務が！」

根本の体から汗がいっぺんに引いた。

「田辺専務はおれを疑っていたのか……」

「だから誤解は早く解いたほうがいいんじゃないですかあ」

純は空のグラスをかき回しながら、興味深そうに根本の反応をうかがっていた。

ちょっとの間、沈黙がつづいた。

「それで謎が解けた」

ポツンと根本がつぶやいた。

「謎？」

「トイレの謎だよ。どうして専務がしつこいくらいにおれとトイレでいっしょになるのか、そのわけがやっとわかった」

根本はこれまでのいきさつを純に話した。

「たぶん専務は、おれの様子をうかがいながらプレッシャーをかけて、すべてを白状させてしまおうと考えたんだ。そういう二人きりの空間としては、他に誰もいないトイレというのは最適だろ」

根本は一気につづけた。

「専務とおれの生理現象のサイクルがピッタリ重なるなんて、いくらなんでもおかしいと思っていたんだ」

「ふうん」

純は、しばらく窓の外を見ながら何かを考えている様子だったが、やがて根本に向き直っていった。

「でも、どうやって専務は根本さんが……」

「だけどなあ」

根本は純が言い終わらないうちに、またしゃべり出した。

「中野洋子が消えたことはまったく関係ないんだよ、おれには。そりゃあ、一目惚《ひとめぼ》れしたのは事実だ。プレゼントをしたのも事実だ。だけどその程度で疑われるなら、社内中の男が疑われていいはずだぜ。ちがうか」

「まあ……ね」

「彼女くらい美人だと、どんなに控え目にしていても目立つ。その彼女が、会社の受付に座って全社員と毎日顔を合わせていたんだ。いろいろな誘いを受けないほうがおかしいってもんだろ」

根本はストローを指に挟んで、バトンのように振り回した。

「うまくデートにこぎつけた奴《やつ》だっているだろうし、もしかしたら、もっと先までいってる奴だって……。そういう連中を調べりゃいいんだ。おれなんて可愛いもんだよ。詩集のプレゼントだからな、まったく」

「あのね、根本さん」

また純が何か言いかけたが、彼はまるで聞いていなかった。

「とにかく事情がわかったからには、今までのように専務に対してぎこちない態度をとるのはかえってまずいな。萎縮しないでこっちから堂々と聞き返してやればいいんだ」

「イシュクって？」

「おまえ、萎縮って単語も知らないでウチの入社試験に通ったのか」

「うん」

純は悪びれずにコクンとうなずいた。

「わかりやすくいえば、緊張してちぢこまっちゃうことさ」

「へえー」

「なんだ、そのあきれた顔は。ぜんぜん違う意味だと思っていたのか」

「ううん、そうじゃなくて」

純は首を横に振っていった。

「根本さんは、専務とトイレでいっしょになっただけでイシュクしちゃうんですかあ」

意表をついた切り返しに、根本は絶句した。

痛いところをつかれて声も出ない、というやつだ。

実際、純にしても経理の新人にしても、専務だろうが社長だろうが、かしこまるという発想がないのだから気楽だ。こういう連中にいくら自分の悩みを話したところで、しょせん理解や同情を得られるわけがないのだ。

根本は、純に長々と話をしたのが馬鹿馬鹿しくなって立ち上がった。

「まあ、いいや。おれは打ち合わせがあるから行くけど、おまえもいい加減に早く社へ戻れよ」

「はあい、ごちそうさまでしたあ」

調子のいい純の声を背中に聞きながら勘定を済ませ、根本は強烈な日差しの下に出た。


「でもねえ……」

あとに残った杉本純は、テーブルに頰杖《ほおづえ》をつきながらつぶやいた。

「なんで専務は、根本さんがトイレに行くたびに、確実にそのことがわかるんだろう」

そのとき、誰かが彼女の肩を叩いた。

6

出先での打ち合わせは思ったよりも長引いた。その上、仕事相手とクラブをハシゴして飲むことになり、根本が社に戻ったのは午前二時を過ぎていた。

さすがにオフィスのどのフロアにも人影がなく、太洋自動車のビルは廃墟《はいきょ》のように森閑としていた。

夜間警備員に挨拶をして中に入ると、彼はエレベーターで七階に向かった。

広報部のフロアもわずかな常夜灯がついているだけで、無人のデスクが闇に沈んでいた。

急に根本は洋子のことを思い出し、いまにも彼女が幽霊となって現れてくる妄想にとらわれた。

彼は、中野洋子が殺されたことを既成の事実と思い込んでいる自分に気づき、いましめるように頭を叩くと、蛍光灯のスイッチを入れた。

彼のデスク周辺のエリアがまばゆい水銀色に照らし出され、根本はホッと息をついた。

「さてと……」

意味もなく独り言をつぶやいてみたが、かえって静けさを浮き立たせるだけなので、また黙った。

彼は自分の席に座り、背広を脱ぎワイシャツの袖をまくった。空調が止まっているオフィスには、季節感のない蒸し暑さがこもっていた。

アルコールでボンヤリした頭を二度三度振ってからデスクの引き出しを開け、根本はタクシー券を取り出した。

これを忘れたのでわざわざ社まで戻ってきたのだ。遠距離通勤者の彼には、タクシー代の立て替えもバカにならなかった。

だが、チケットにサインをしているうちに、また中野洋子の顔が蘇《よみがえ》ってきた。

(やっぱりあの子は、このビルのどこかで殺されたまま放っておかれてるんじゃないだろうか。夜間はエアコンも止まるし、三週間も経《た》っていれば……)

根本のイメージの中で、会社一の美女の顔がドロドロと崩れていった。

(うわっ、だめだ、だめだ。よけいなことを考えちゃいかん)

純が聞かせてくれた話は、あくまで噂にすぎない可能性だってある。

押されなかったタイムカードは、機械的なミスだったかもしれないし、洋子が会社に出てこないのも、出社拒否症のようなメンタルな問題だったのかもしれない。

だが、一度こびりついた殺人事件の空想は、なかなか彼の頭から消えてくれなかった。

(そうだ、ウチの会社は自動車メーカーだけあって、大きな段ボール箱は社内で簡単に手に入る)

根本は誰もいないオフィスを見回した。

(それに死体を詰め込んで、部品だとか偽って宅配便で送り出してしまえば、不審がられずに死体を外に運び出せるじゃないか。……やっぱり彼女は木曜日の夜、会社で殺されて二度と生きて外へは出られなかったんだ)

そんな恐ろしいことを考えていると、急に尿意を催してきた。

だが、いまの彼は子供のようにトイレに行くのが怖かった。

専務のことも思い出された。

こんな深夜でさえ、彼はトイレに行けばまた専務に会うのではないかという妄想を振り払えなかった。

（どうかね、根本君。そろそろ白状してくれるかね）

眠りかけたタヌキのような目を根本に向け、そう語りかけてくる田辺を想像した。

「冗談じゃないよ」

わざと大きな声を出して根本は立ち上がった。

「ここは世界に名高い太洋自動車本社ビルだ。幽霊や妖怪が出てたまるか」


トイレに行っても、根本はやたらと後ろや横が気になった。

個室のドアが音もなく開いて、血まみれの中野洋子が倒れかかってきたり、突然自分の横にスーッと田辺専務が現れてこちらを睨みつけたりするのではないかと、落ち着かない気分だった。

用を済ませ手を洗っているうちに、ふと根本の頭に単純な疑問が涌《わ》いてきた。

田辺専務が意図的にトイレで顔を合わせようと企《たくら》んでも、根本がトイレに立ったことをどうやって知るのだ。

（誰かが内線電話などで、逐一専務に知らせているのだろうか）

彼は、課長の滝沢亜矢子や広報部長の顔を思い浮かべた。

だが、もしもそんなことが実際に行われていたとしたら、まるで社内の秘密警察だ。急に根本は不愉快な気分になった。

自分のデスクに戻ると、脱いだ背広を肩に引っ掛け、根本は窓辺に歩み寄った。

鏡張りになった向かいのビルの壁面には、いつものように太洋自動車の社屋が映っている。根本のいる七階の一角だけに明かりが灯《とも》って、彼の姿はスポットライトを浴びて宙に浮いているようにも見えた。

根本はさらに窓に近づき、ガラスに両手と額を押しつけた。

「あーあ」

自然に吐息がもれ、窓が一瞬曇った。

「サラリーマン、か」

ビル壁面の巨大な鏡に映っている空中の自分は、四方から闇に包まれて孤独だった。

明かりの外へ一歩踏み出せば、暗黒の奈落へ落ちていくようだ。

「安心してトイレにも行けない毎日なんて、どっかおかしいよなあ」

独り言をつぶやきながら外を眺めていると、対面のビルの下方で蛍光灯がまたたいて点《つ》いた。

が、よく見るとこちらの三階に明かりが灯り、それが隣のビルのハーフミラーの壁に反射して映っているのだった。

三階は営業部のフロアだ。こんな遅くに戻ってきたのは、働き者で有名な営業課長だった。

彼も根本同様、接待の帰りなのだろう。ネクタイをだらしなくゆるめ、ふらついた足取りでデスクの間を歩いているのが見えた。

七階と三階のそれぞれ切り取られた空間で、二人のサラリーマンが蠢《うごめ》いている姿は、根本自身が見ていても滑稽であり、また哀れをも催した。

「あ」

そのとき突然、根本の頭に何かが走った。

「鏡だ！」

口をついてその言葉が出た。

「そうだ、鏡だ」

7

なぜいままで気がつかなかったのだろう。いや、わかっていながら、そんなことは気にも止めていなかった。

隣の保険会社のビルは昼夜にかかわらず、その鏡張りの壁面に太洋自動車のビルを映し出しているではないか。

　つまり、こちらのオフィスから外に目をやると、巨大な鏡がそそり立っていて、自分たちの働く姿を一階から最上階にわたって見せてくれるのだ。

　特に根本の席などは窓際だから、その行動は巨大な鏡で丸見えになる。もちろん、ワンフロア上の専務室からでも……。

（そうか、田辺専務はおれの行動を専務室にいながらチェックできた。隣のビルを眺めていればいいんだから）

　それで、専務がタイミングを測ったようにトイレに現れるわけがわかった。

　席をはずすときは、たとえ社内でも行き先をホワイトボードに書いておくようにと、各社員は言われている。ただし、たった一つ例外があった。トイレだ。

　だから、彼がボードに何も書かずに離席したら、まずトイレだと思ってまちがいない。六階のトイレを使ったときですら専務がやってきたが、きっと七階のトイレにいないのを見て、他をあたってみたのだろう。

　恐るべきしつこさだ。

　しかし、なぜ中野洋子が失踪した件で、そこまで自分が疑われなければならないのか。根本はまだ理解できなかった。

　たしかに、片想いとはいえ洋子に贈り物をしたことがあったし、彼女が最後に会社に顔を見せた日、根本は一人で遅くまで残業をしていた。だからといって、あたかも彼が彼女の失踪に関与していたふうにとられるのはたまらない。

（専務も専務だ）

根本は思った。

（そんなにおれを怪しむのなら、なにも心理戦に持ち込まず、堂々と詰問すればいいじゃないか）

根本は、じっと隣のビルに映った自分を見つめた。

（なぜ専務はそんな回りくどい方法をとるんだ）

第一、技術担当役員である専務が、失踪事件の調査プロジェクトの責任者になるというのが解せなかった。

ふつう、そういう指揮は総務・人事担当役員があたるものではないか。

三階の電気がフッと消えた。

営業課長が帰ったらしい。根本のいる四角い空間だけが、闇の中に白く残った。

その瞬間、彼の脳裏にひらめくものがあった。

はるか昔、学校の理科で習った一つの法則。あれだ。

《光の入射角と反射角は、鏡面に対する垂線をはさんで相等しい》

つまり、相手が鏡に映った根本を見ていたということは、根本だって相手を観察できる位置にいた、ということだ。

「わかったぞ!」

根本の叫び声は震えていた。

電話にかじりつき、ダイヤルを回す指も震えていた。

「純か、寝てるところを悪いな」

「あ、根本さん」

こんな時間なのに、純の声は張りつめていた。

「よかったあ。ずっと私も探してたんです、根本さんのこと」

「純、聞いてくれ。夕方喫茶店で話したことのつづきだ」

「私も」

「待て、おれの話が先だ」

根本は純をさえぎった。

「中野洋子を殺したのは専務だ」

「ええっ!」

電話の向こうで純が叫んだ。

「事情はわからない。だけど、彼女を殺したのは田辺専務だ」

根本は繰り返した。

「どこで」

かすれ声で純がたずねた。

「自分の部屋だよ。八階の専務室だ」

「うそ……」

「例の木曜日の晩……いや、日付けが変わって金曜日の未明かもしれないけど、殺人はその夜に起きた」

根本は一気にまくしたてた。

「無我夢中のうちに彼女を殺した専務は、ふと外に目をやって驚いた。隣のビルのハーフミラー張りの壁に自分の部屋が反射して映っている。しかも、他に誰もいないと思っていたら、真下の七階に明かりがついていて、窓際で作業しているおれの姿が見えた」

「………」

「一部始終をおれに見られたか、それとも気がつかれずにすんだか——専務はその日以来、悶々《もんもん》と悩んで仕事も手につかなかったろう。それで、トイレという二人きりになれる場所を思いつき、駆け引きに出たんだ」

純の息づかいだけが電話線を通して伝わってきた。

「どうだ、純。おれの推理は」

「根本さん……」

純の声は、いまにも消え入りそうだった。

「あのね、喫茶店での私たちの会話、聞かれていたの」

「なんだって」

根本の顔が硬《こわ》ばった。

「観葉植物の陰で見えなかったけれど、私たちの話を全部聞いちゃってた人がいたんですよー」

「誰だよ」

「専務の秘書のマコ先輩」

「……で?」

「じつは、三週間前からずっと専務の様子がおかしかったの、って話しはじめるんです」

受話器を握り締める根本の指が白くなった。

「専務ったら、なにか悩みごとでもあるのか呼びかけてもうわの空で、ときどき『広報の根本をなんとかしなくちゃいかん。調査の結果は明らかなんだから』とか独り言を口走るそうなんです」

「おれを、なんとかするだって……」

根本は背筋が寒くなった。

「マコさんは、調査プロジェクトの話を専務から直接聞かされていたんだけど、どうも変だなと思って、きのう、総務担当の大森《おおもり》常務にこっそりたずねてみたんですって。そしたら……」

「そしたら？」

「そんなプロジェクトは作っていないって」

根本は額に片手を当て、目を閉じた。

座っているのにめまいがした。

「純……」

「はい」

「こりゃ大変だぞ」

「そうみたい……です……ね」

おたがいに唾をごくんと呑《の》み込んだ。

「よし、夜中だけど、かまっちゃいられない。ここを出て、すぐに滝沢課長の家へ相談に行こう」

「ここって？」

純が聞き咎めた。

「ここって、どこから電話してるんですか」

「会社だよ。おれのデスクからだ」

「だめ！」

突然、純が叫んだ。

「なんでそんなところにいるんですか。そこにいちゃだめです。早く会社を出て！」

「なぜ」

目を開けて根本がたずねた。

「マコ先輩がいってました。専務はここのところずっと、夜中にも会社に出てるみたいだって」

「なに！」

「あぶないからすぐそこを出てください」

根本は、鏡の役目をしている向かいのビルに思わず目をやった。

八階の専務室は真っ暗なままだ。

明かりがついているのは、彼がいる広報部の一角だけである。

とりあえずホッと息をつきかけたところで、根本の表情が凍りついた。

地上二十数メートルの闇に浮いている鏡の中の自分。

その真後ろに、田辺専務が立っていた。

あとがき

本書は『それは経費で落とそう』という題名で発表した短編集を文庫化したものです。収録したどの作品も、サラリーマンの日常会話の端々によく登場する言い回しをタイトルにもってきています。

この一連の作品は、ほとんどが角川書店の『野性時代』誌に掲載されたものですが、いちばん最初に発表したのが『専務、おはようございます』でした。じつはこの作品が、私が専業の推理作家になって書いた最初の短編なのです。

執筆したのが一九九〇年の五月から六月にかけてで、その前年一九八九年の十二月まで私はフジサンケイグループの一社員でしたので、まさに会社生活の余韻がじゅうぶん残っていた段階でのサラリーマン・ミステリー執筆となったわけです。

最初の作品を書いたときから、このシリーズはサラリーマンなら誰もが体験するような、あるいは体験する可能性があるような身近なテーマで通そうと思っていました。

ちなみにそれぞれの作品のテーマは、

『ま、いいじゃないですか一杯くらい』――年上の部下・年下の上司
『あなた、浮気したでしょ』――単身赴任先での浮気
『それは経費で落とそう』――領収書のごまかし
『どうだ、メシでも食わんか』――人事異動の内示
『専務、おはようございます』――お偉いさんとの気づまりな会話
といったぐあいになっています。
そして、身近なテーマだからこそ、サラリーマン生活でよく耳にしたり口に出して言うフレーズをタイトルにもってこようと考えました。しかし、なにしろプロとしてデビューまもない身でしたし、こんなふざけたような題名でいったい編集部のオーケーが出るのかどうか、不安だった思い出があります。
また、これはいまだから明かそうといった類いのエピソードですが、お読みになった方はおわかりのとおり、『専務、おはようございます』に登場する田辺専務というのは、決していい役回りで出てきません。そして、この原稿を編集部に渡した時点では、角川書店社長の角川歴彦氏（現在は株式会社ＫＡＤＯＫＡＷＡ会長）が専務の立場におられました。そこで当時編集部にいた某氏がこの題を見て、「う〜ん、専務が読んでなんて言われるかなあ」と、戸惑いの言葉を洩《も》らしていたのを覚えています。こういうところがサラリーマンならではの気の回し方なんだなあと、会社づとめの方ならよくおわかり

ですね。

　私は十四年九カ月にわたってサラリーマンをやってきたわけですが、会社員生活というものは、ミステリーのネタの宝庫です。それもたんに怖い話ではなく、怖いけれど笑えるネタであることが多いんですね。あるいは、哀愁漂って泣けちゃうけれど、どこかやっぱり笑えてしまうような……。そんないろいろな味わいの笑いが含まれていることが、ひょっとしたらサラリーマンを素材にしたミステリーの特徴なのかもしれません。

　ところで本作に収録した五作品のうち最初の三つが、ことし（一九九五年）の夏にテレビ化されました。『ま、いいじゃないですか～』で係長に昇進したとたん悲劇に巻き込まれる岸部則雄役が石黒賢さん、『あなた、浮気したでしょ』で単身赴任先での浮気を必死に隠そうとする槙原哲雄役が高田純次さん、『それは経費で落とそう』で領収書のごまかしがバレそうになってあわてる塩崎守役が神田正輝さんと、それぞれがいい持ち味を出していて、なかなか楽しい仕上がりになりました。テレビのほうをごらんになっていない方は、そのキャスティングをあてはめてもういちど作品をお読みになってはいかがでしょうか。なかなかぴったりはまっている配役だと思いますよ。

吉村　達也

※このあとがきは、一九九五年十月、角川文庫刊行時に書かれたものです。

解説

山前　譲

　サラリーマンは気楽な稼業だと歌ったのは、ハナ肇《はじめ》とクレージーキャッツが一九六二年に放ったヒット曲「ドント節」である。痛快な歌詞の作者は、のちに都知事も務めた青島幸男氏だった。正確に言えばシングル盤（もちろんレコード！）のB面で、A面は学校を出てから十余年の紆余《うよ》曲折を綴《つづ》った「五万節」だったのだが、それはともかく、高度経済成長期で活気づく日本社会にあっても、まだのんびりとしていたサラリーマンの一面を「ドント節」はユーモラスに歌いあげていた。

　ところが、一九六〇年代後半からはモーレツ社員である。毎日の残業はもちろん、休日出勤も厭《いと》わず、粉骨砕身、家族も含めて会社に身を捧《ささ》げるのがサラリーマンだった。人生＝会社、だったのである。もちろんそこには、金銭的なものも含めて、やりがいがあったのだろう。右肩上がりの経済成長のなかで、生活の豊かさも実感していたに違いない。やがて到来したオイルショックによって、好不況の波は大きくなったが、サラリーマンたちはなんとか乗り越えたのだ。

ところが次に待っていたのは、一九九〇年代初頭のバブル経済の崩壊である。倒産や外資によるドラスティックな再編成があり、会社存続のためのリストラが終身雇用を崩壊させていく。なんとなく働いていては給料はもらえない。まったく気楽な稼業ではなくなったのだ。だから、転職や脱サラするスキルや勇気を持っていないサラリーマンは、いっそう会社への依存度が高くなってしまった。

そうした日本のサラリーマン社会の諸相を、軽妙にかつシニカルに描いているのが吉村達也氏の短編集『それは経費で落とそう』である。いずれもサラリーマンを主人公にしたミステリー仕立ての五作が収録されている。

表題作の「それは経費で落とそう」は、初狩電器営業部の若きエース（ただし自称）の塩崎が主人公だ。

大学の後輩と豪遊した翌朝、早く会社に出た彼は、日付けを空欄にしてもらってあった領収書を利用したりして、おごった飲食代を少しでも回収しようとする。もっとも、「ぷりぷりクラブ」なんて社判の押されたものは、さすがにどうしようもない。しかし、その七万二千円也の会計はじつに痛い。

そこで取り出したのが、ストックしておいた寿司屋の空領収書だった。巧みに変えた筆跡で日付けを記し、金額欄に一万九千円と書き込む。ただ、一万円以上の領収書については稟議書《りんぎしょ》を書かなくてはいけない。取引先のあの社長の名前を使おうか……などと考えているところに声をかけてきたのは、経理の女の子！　結婚を間近に控えた営業マンを、架空の接待領収書が思わぬ悲劇へと誘う。

　サラリーマン社会における経費とは、もちろん会社が収入を得るために必要な経費である。そこには原材料費等仕入れに必要なお金や宣伝・広告費、人件費等が含まれ、それらを差し引いた所得に税金がかけられていく。だから経費が多くなれば、税金は軽減されるのだ。もちろん経費には取引先の接待にかかった交際費も含まれるが、すべて認められるわけではない。当然ながら、税務署の厳しいチェックがあるのを考慮しなければならないのだ。

　法律的には、経費として計上するため、領収書が絶対に必要なわけではないそうである。だが、サラリーマンが勤めているような会社では実務的に、自分がいったん立て替えた交際費の請求に、領収書は不可欠だろう。昨日、＊＊＊＊円、〇〇〇さんを接待して使いました。精算お願いしますゝ。こんなことを経理に言っても通用しないのがサラリーマン社会である。

　領収書の様式もまた法律で定められているわけではないが、仕入れに関する請求書に記載されるべき事項としては、発行者、取引年月日、取引内容、金額、書類の受取人といったものが必要と考えられる。また、ある金額を超えた領収書には、収入印紙が必要だ。

会社側の判断で、これらに不備がありながら領収書が認められたとしても、税務調査はまた別である。悪質と判断されたら大変なことになる。だから、領収書には必要事項がすべて明確に記載されているほうがいい。逆に言えば、それがもっ、と、も、ら、し、い領収書ならば、経費として認められる……かもしれない。

いや、なにも「これは経費で落とそう」の塩崎のように、領収書の改竄《かいざん》を勧めているわけではない。ただ、ときには接待で自腹を切ってしまうこともあるかもしれない。それを少しでも取り戻したいと考えることは……いやいや、それを許していては会社の経営が成り立たないだろう。不備のある領収書を出したり、なんだかあやしげな領収書を出したりしたら、これは経費では落ちませんよと、経理からクレームがきっと入るはずだ。

しまった、ばれたか。その程度のスリルならいいけれど、「それは経費で落とそう」のような殺人事件に関係してしまっては、人生の破滅である。薄っぺらい一枚の紙かもしれないが、やはり領収書は大切に扱わないといけない。

身の破滅という事態に直面しているのは、中堅家電メーカーの主任である「ま、いいじゃないですか一杯くらい」の岸部だ。係長昇格の内示が出て、同僚が昇格祝いをやってくれたのだが、三年先輩でやはり主任の加瀬の複雑な思いは十二分に伝わってきた。加瀬はその日、自分の車で出社していた。そして、かなり飲んだというのに、車で帰ると言いはる。加瀬と家が近い岸部は、送ってくれるというので、不安を感じながらも助手席に乗ったのだが……。

かつては年功序列が日本のサラリーマン社会では常識だった。とはいうものの、役職の枠は限られている。出世レースは自《おの》ずと生じるのだが、肩書きにこだわるのもまたサラリーマンだろう。ただ、この作品のミステリーとしての興趣は、別のところにある。

飲酒運転に関する罰則は今、かなり厳しい。運転手だけでなく、飲酒運転のおそれのある者への車両の提供や酒類の提供、そして同乗者についても罰則が定められている。飲酒運転による事故には、サラリーマン社会で味わうものとは比べられない悲哀が待っているのだ。

ちょっと会社内から離れての「あなた、浮気したでしょ」は、単身赴任で羽を伸ばしている食品会社勤務のサラリーマンの悲劇（？）である。妻子を残して仙台に赴任した槙原は、妻より十歳も年下のウェイトレスと仲良くなっていた。ところが突然、妻がやって来る。浮気がバレる！　慌てふためく槙原の姿がじつにコミカルな一方、理詰めで追いつめていく妻の迫力には身につまさ……いや、圧倒される。

ここで単身赴任の理由となっているのが、教育問題だ。息子を東京の名門私立中学に入れようとしている妻が、槙原に単身赴任を強いたのである。もちろん、これ幸いと浮気をしてしまうのはいけないのだが、これもまた日本のサラリーマンの悲哀のひとつに違いない。

レコード会社を舞台にした「どうだ、メシでも食わんか」は、人事異動にまつわるミステリーである。売れっ子ディレクターが総務部長から「いちどゆっくりメシでも食わんか」と声をかけられる。おごられる心当たりはまったくない。先輩に相談すると、経験上、それは間違いなく左遷の内示だろうと……。

ある程度の規模の会社に勤めるサラリーマンであれば、人事異動は当たり前のことだろう。もちろん適材適所が一番いいのだろうが、会社の活性化のために人事交流が必要なときもある。その異動は、希望が受け入れられるときもあれば、まったく意に反するときもあるに違いない。現在の職場で実績を上げているのに、どうして異動させられるのか。たいていは複雑な社内事情が背景にあるのだろうが、伏線が利いたこの短編の結末は？

サラリーマンの上下関係は非情だ。役職によってそれは明確に位置づけられている。ましてや役員と社員では大きな差がある。「専務、おはようございます」の主人公である根本は、自動車会社に入社して六年、現在は広報部に所属している。その根本、このところ出社直後にトイレに行くと、必ず専務と一緒になるのだ。朝なら「おはようございます」でいいが、そのうち、昼過ぎにも会うようになった。思わず「おはようございます」と言ってしまったが、それを咎《とが》められてしまう。じゃあ、いったいどう挨拶すればいいの？

身につまされる人は多いに違いない。もちろん社風はそれぞれだろうが、これぞ日本のサラリーマンの悲哀を描いた一編だ。大企業になればなるほど、上下関係は明確である。しかし、役員だろうが平社員だろうが、ひとりの人間であることには変わりない。本書のなかでもとりわけエンディングの戦慄が際立っている一編だ。

サラリーマン（salaryman, salaried man）は今では海外にも知られているが、もともとは和製英語である。一般的に使われはじめたのは大正末期、一九二〇年代の中頃らしい。当時、会社に勤める給与所得者と言えば男性であり、サラリーウーマンという和製英語はできなかった。そして、いわゆる男女雇用機会均等法があっても、やはりサラリーマンはサラリーマンである。

そのサラリーマン、かつてはその収入のすべてを把握され、税金をたくさん取られているというイメージがあった。実際には定額の経費が引かれたところに課税されているのであり、近年は自身の経費もいろいろと認められるようになった。とはいえ、会社に請求する経費はまた別だろう。仕事のために使ったか。それとも仕事と称して個人的に使ったのか。サラリーマンと経費との飽くなき戦いは、今なお続いていると言えそうだ。

吉村達也氏も作家専業になる前はサラリーマンだった。だが、サラリーマンとしての自身のアイデンティティに疑問を感じて退職した。その経験が生かされたサラリーマンものは、厖大《ぼうだい》な数となった吉村作品のなかにもいくつかある。

本書と対をなすのが『一身上の都合により、殺人』（一九九四）だ。短編が六作収録されている。忙しくていつもパニック状態のエリート社員が、上司の殺された事件の謎に取り組む『「会社を休みましょう」殺人事件』（一九九三）は、吉村氏がサラリーマン時代に合作した短編が作中作となっていた。『私も組織の人間ですから』（一九九四　文庫版は『西銀座殺人物語』）は、より会社という組織にスポットライトが当てられている。また、『正しい会社の辞め方教えます』（一九九八）は今なお示唆に富むエッセイ書だ。

二十一世紀に入って、日本のサラリーマンはいっそう過酷な状況に追いこまれている。リストラ、過労死、ブラック企業……鋭い視点からサラリーマン社会を描いていた吉村氏に、もう新たな作品は望めないのは残念だが、吉村作品で描かれたサラリーマン像はまったく古びていない。そして、サラリーマンでなくてもたっぷり楽しめるのが、この『それは経費で落とそう』なのである。もしかしたら、サラリーマンになんかなりたくないと思うかもしれないが……。

（やままえ・ゆずる　推理小説研究家）

本書は、一九九五年十月、角川文庫『丸の内殺人物語』として刊行されました。
単行本『それは経費で落とそう』一九九二年十月　角川書店
本文デザイン・木村典子
本文イラスト・田林かがね

初出誌

ま、いいじゃないですか一杯くらい　「野性時代」一九九一年七月号
あなた、浮気したでしょ　「コットン」一九九一年九月号
それは経費で落とそう　「野性時代」一九九一年九月号
どうだ、メシでも食わんか　「野性時代」一九九一年八月号
専務、おはようございます　「野性時代」一九九一年二月号

吉村達也の本

怪物が覗く窓

19歳の良太は、引きこもり生活中。父親はそんな息子を「怪物」と呼び嫌悪。ある日、良太は向かいに越してきた女性に恋をする。だが、その女性が殺され……。戦慄の新感覚ミステリー。

吉村達也の本

悪魔が囁く教会

二度結婚に失敗したが多額の慰謝料を得た戸山いずみは、再々婚を前提に二人の男と交際する。だが男たちは甘い言葉を囁きながら、競争相手を蹴落とそうと……。驚愕の心理ミステリー。

集英社文庫

吉村達也の本

卑弥呼の赤い罠

古代史学者の新藤は、国家創造に革新的な解釈をし、生命を狙われていた。ついに京都で殺害され、甕棺の中で発見。教え子の歴女・杏美は師を奪った殺人犯に迫る！　歴史ミステリー。

集英社文庫

吉村達也の本

飛鳥の怨霊の首

天文学者の刈谷は、宇宙望遠鏡開発の「飛鳥」プロジェクトリーダー。その刈谷が、奈良の入鹿の首塚前で自殺！　刈谷の講演を聞いた英光大学古代史研究会メンバーは、謎を追って……。

集英社文庫

吉村達也の本

陰陽師暗殺

安倍晴明を祀る晴明神社で、占術家が殺された。死体の上には星形に灯る蠟燭。その奇怪な死は、人気作家の小説『陰陽師暗殺』で予言されていた。ところが今度はその著者が惨殺され……。

吉村達也の本

十三匹の蟹

瀬戸内海に財界の要人の死体が浮かんだ。唇を縫い合わされ、その口中に平家蟹が入れられるという猟奇的な殺しに衝撃が走るも次なる殺人が！　意想外の恐怖に凍るホラー＆ミステリー。

集英社文庫

それは経費《けいひ》で落《お》とそう

2017年3月25日　第1刷
2017年6月27日　第3刷

定価はカバーに表示してあります。

著　者　吉村達也《よしむらたつや》

発行者　村田登志江

発行所　株式会社 集英社
東京都千代田区一ツ橋2-5-10　〒101-8050
電話　【編集部】03-3230-6095
【読者係】03-3230-6080
【販売部】03-3230-6393（書店専用）

印　刷　大日本印刷株式会社

製　本　大日本印刷株式会社

フォーマットデザイン　アリヤマデザインストア　　マークデザイン　居山浩二

ISBN978-4-08-745554-0 C0193